ये कैसी उलझन

रोहित चौबे

XpressPublishing
An imprint of Notion Press

XpressPublishing
An imprint of Notion Press

No.8, 3rd Cross Street, CIT Colony,
Mylapore, Chennai, Tamil Nadu-600004

Copyright © Rohit Choubey
All Rights Reserved.

ISBN 978-1-64919-369-8

This book has been published with all efforts taken to make the material error-free after the consent of the author. However, the author and the publisher do not assume and hereby disclaim any liability to any party for any loss, damage, or disruption caused by errors or omissions, whether such errors or omissions result from negligence, accident, or any other cause.

While every effort has been made to avoid any mistake or omission, this publication is being sold on the condition and understanding that neither the author nor the publishers or printers would be liable in any manner to any person by reason of any mistake or omission in this publication or for any action taken or omitted to be taken or advice rendered or accepted on the basis of this work. For any defect in printing or binding the publishers will be liable only to replace the defective copy by another copy of this work then available.

क्रम-सूची

क्या है ये कैसी उलझन?	v
1. गन्दा बर्तन	1
2. अजनबी रिश्तें	11
3. यादों के झरोखें	34
4. अनीता	60

क्या है ये कैसी उलझन?

हम सभी कहतें है की जिंदगी छोटी होती है। इस एक जिंदगी में ही हमें बहुत कुछ हासिल करना होता है। यहाँ तक के कोई इसे मायाजाल कहता है तो कोई कभी न खत्म होने वाला भंवर। जीवन का असली आनंद तब आता है जब हम हर परीस्थितियों का सामना कर खुद को और सजग एवं जीवन के प्रति अपना एक अलग दृष्टिकोण बनाते है। लेकिन कभी-कभी कुछ ऐसे मोड़ भी आते हैं जो हमें कुछ पलों के लिए स्तब्ध कर देता है। ये उन झटकों की तरह होता है जिन्हें हम कुछ देर के लिए महसूस करते है, इनसे दुखी हो जाते है। यह हमारे मन में उलझन पैदा कर एक ऐसा अंतद्र्वंद बन जाता है जिनसे हम कुछ देर उलझ कर रह जाते है और कुछ वक़्त के बाद इनसे जीत जाते है, लेकिन खुद से सवाल करते है- आखिर क्यों? ये उलझन हमारी जिंदगी में ही क्यों? मुझे पूरा विश्वास है के आप सभी मेरे इस कृति को पढ़कर अपने जिन्दगी के उन पलों से रूबरू होंगे जब आपने भी अपने मन से यह सवाल पूछा होगा।

इस किताब में सभी चित्र पिक्साबे.कॉम (pixabay.com) से लिए गए है।Image Credit: Pixabay.com

1

गन्दा बर्तन

सुबह का समय था। हल्के-हल्के बादल जो सूरज के उगने से पहले ही आसमान पर आ गए थे, वह तोहफे में सर्द हवाएं दे रहे थे। धीरे-धीरे उन बादलों का अस्तित्व घुल मिल कर कम हो गया। पटना शहर की ऊँची इमारतें और उनमे बसे हुए लोग इस प्राकृतिक नज़ारे का मज़ा अपने बालकनी से ले सकते थे। ये इमारतें जिसे हम अपार्टमेंट कहते है, उसके हर फ्लोर पर कुछ खरगोश की दडबों जैसे छोटे-छोटे फ्लैट मौजूद होते है। इसे समझ पाना मुश्किल है की इन दो कमरों के मकान जैसे घर में लोग अपनी ज़िंदगी कैसे काट सकते है। इन्में सिर्फ एक बालकनी का सहारा होता है जिस्से हवा और सूरज की रौशनी कुछ इस तरह से आती है, जैसे की कई वक़्त के मशक्कत के बाद वह हमपर एहसान कर रही हो। घर तो गांवों में हुआ करता था। बड़े-बड़े आँगन, हवादार आलीशान कमरे, जिसमे धुप और हवा कुछ इस तरह से आती, जैसे की प्रकृति सिर्फ हमारे ही घर पर महरबान हुई हो। आँगन के एक कोने मे मिटटी के चूल्हे पर हांड़ी भर कर दुध उबलता था और बगल के चूल्हे में हरे पालक की साग को उबाल कर पकाने की तैयारी होती थी। जब वह साग उबलती तो एक अलग ही सौंधी सी खुश्बू आती थी। अपार्टमेंट के इन छोटे-छोटे बावर्चीखानो में ये खुशबू कहा! लानत है इन रसोई के पंखो और ये बड़े आकर वाले चिमनियों पर जो खाने की खुशबू को इस कदर खींच कर बहार फेक देते हैं जैसे किसी कैदी को समाज से हटा कर जेल की काली

कोठरी में सजा के लिए फेंका जाता है।

बहरहाल, पटना के इन्ही अपार्टमेंट में एक परिवार, जो यहाँ सालों से रह रहा था, उनके लिए आज की सुबह एक आम सुबह से कई ज़्यादा खुशनुमा थी। दो दिनों के बाद होली का त्यौहार आने वाला था। पकवानों की तैयारियां दो दिनों पहले से हो रही थी। इस परिवार की बेटी सुरु, जो की देर रात तक इंटरनेट में मौजूद कई सारे पकवान, घर में बनने वाली तेल, क्रीम, पाउडर, और साबुन बनाने की विधि देखती थी, आज ज़रा देर से उठी थी। उठते के साथ जब उसने अपने बिस्तर पर लगे सिलवटों और खद्दर की मोटी चादर जिसके किनारे से कुछ धागे खुल कर पलंग के नीचे की ओर झाँक रहे थे, उसे यह याद दिला रहे थे की उठते के साथ उसे घर के कई सारे काम को अंजाम देना है। छुट्टी की सुबह थी। वह खुश थी के आज उसे कॉलेज नहीं जाना पड़ेगा। वह रोज-रोज की भागम दौड़, जल्दी से नहाना, कपड़े बदलना और घर से २१ किलोमीटर दूर तक तीन ऑटो-रिक्शा बदल कर कॉलेज पहुंचने का सफर उसे तय नहीं करना था। वह उठ कर पलंग पर बैठी। आँखें नींद से बोझिल थी। ऐसा लग रहा था जैसे उसके दिमाग की एक-एक नस उसे अभी भी सोने को कह रही हो। वो जब भी बिस्तर से उठने की कोशिश करती तो उसे ऐसा लगता जैसे हजारों हड्डियों के टूटने का दर्द उसे एक साथ हो गया हो।

सुरु ने अपने मन को बहुत रिझाया, बहुत समझाया के यह पलंग और उसके मोटे आरामदायक गद्दे जिसपर पिछली रात वह सुकुन की नींद सोई थी, अब एक कभी न खत्म होने वाला ऐसा मोह का जाल बनते जा रहा है, जिससे बहार निकलना उसके लिए नामुमकिन होगा। उसे अपना वह कमरा, जिसमे एक पुराना ड्रेसिंग टेबल, पास के टेबल पर रखे हुए साजो श्रृंगार के सामान, साईकोलोजी की कुछ किताबें, सिलाई मशीन, बड़े-बड़े जंगलो वाली खिड़कियाँ और उसमे ठोका हुआ वो आठ साल पुराना लोहे का जर-जर कूलर, जो उसे आने वाले गर्मी के मौसम की याद दिलाती थी, यह सब उसे महाभारत में रचे गए मायावी चक्र की तरह लग रहे थे जिसमे वह अभिमन्यु की तरह उलझ कर रह गयी हो और लाख कोशिशों के बाद भी उस बवंडर से निकल न पाएगी।

बहुत मशक्कत के बाद उसने अपने दोनों पैर जमीन पर रखें, पास पड़े रबड़ की चप्पल में अपने पैरों को अटकाया, और ऐसे उठ खड़ी हुई जैसे कोई जंग जीता हो। उठते के साथ ही उसने अपने बालकनी का दरवाज़ा खोला। दरवाज़ा खुलते ही मानो कमरे में जान आ गयी हो। सुरज की रौशनी और उस खुशगवार मौसम में चलती हुई गर्म-सर्द हवाएं जैसे ही कमरे में दाखिल हुई तो ऐसा लगा जैसे की वहां रखे एक-एक सामान में किसी जिन्न ने जान डाल दी हो। वह ड्रेसिंग टेबल अब नया सा लगने लगा था, किताबे और उसके साथ-साथ रखी एक मैगज़ीन से ऐसा लगता था जैसे की वह सुरु को अपने पास बुला रही हो, उड़ते-उड़ते परदे और बहार की आने वाली कुछ कबूतरों और वो दो जोड़ी मैना, जिनको वो हमेशा दाने डालती थी, उनकी आवाज़ उसे मोह रही थी। वह कमरा जो कुछ देर पहले एक अँधेरी कोठरी वाले कारागार की तरह लग रहा था, अब उसे एक नयी ताकत और ऊर्जा दे रही थी।

कुछ देर इसके दीदार के बाद वह बावर्चीखाने में गयी। एक मोटी तली का बर्तन उठाया और उसमे पानी गरम कर अपने लिए एक कड़क चाय बनाई। चाय का प्याला ले कर वह अपने कमरे में पड़ी सिलाई मशीन के पास रखी एक कुर्सी पर बैठकर चाय की चुस्कियां लेने लगी और बहार की ओर देखने लगी। उसे कुछ दिन पहले यूनिवर्सिटी जाने की भाग दौड़ याद आने लगी, जिसे याद कर कर वो आज सुकून महसुस कर रही थी। दूर से बजने वाली होली के चंद गीत की ध्वनि उसके कान में बज रहे थे। पास के लगे एक सहजन के पेड़ और उनपर लगे नन्हें फुल पत्तियों को देखकर उसने मन ही मन सोचा- "कितने खुश है इसके एक-एक पत्तें और वो सफ़ेद फुलों का गुच्छा। इन्हे ना तो कही भागने की ज़द्दो-ज़हद है ना किसी प्रकार की ज़िम्मेदारी। ये तो बस खुश रहते है और अपने निर्मल भाव से हमें अपने पत्ते, फल-फुल को तोड़ कर ले जाने की इज़्ज़ाजत देते है, जैसे इनका यही काम हो। ना किसी से दुश्मनी, ना किसी से कोई बैर।"

उसी पेड़ के पास लगा हुआ एक बिजली का खम्बा भी उसे आज खुशनुमा लग रहा था। हालाकि उस बेजान चीज़ में क्या खुशी और क्या गम। इन ख्यालों की उलझन में उसकी चाय की प्याली कब खाली हो गयी उसे पता भी न चला। उसने उसे मशीन पर रखा, अपना पीला

दुपट्टा एक तरफ के कंधे से ओढ़ कर अपनी कमर की ओर एक गाठ बाँधी और बालकनी में रखी हुई झाड़ु को उठाकर सफाई में लग गयी। सुरु को सफाई से बहुत प्रेम था। वह अपना कमरा, बावर्चीखाना और हॉल की सफाई खुद करती थी। जब वह अपने उस खुशबुदार फिनाइल को बाल्टी भर पानी में डाल कर पुरे घर में पोछा लगाती तो ऐसे खुश होती जैसे कोई माँ अपने बेटे को सुबह-सुबह नहला कर साफ सुथरे चमकदार स्कूल के यूनिफार्म में तैयार कर स्कूल भेज रही हो। फिलहाल कमरे में कचरे के नाम पर जमी कुछ धूल मिटटी, अख़बार के चंद फटे टुकड़े, बालों मे लगाने वाली एक टूटी क्लिप और चेहरे पर लगाने वाली पेट्रोलियम जेली की एक छोटी सी डिबिया निकली जिसे वो बहारते हुए हॉल में दाखिल हुई।

हॉल में एक बालकनी था। उसके पिताजी सुरेश सिंह वहा बालकनी में लगे अपने पौधों को पानी दे रहे थे। उन्हें अपने उस मिनी गार्डन पर बहुत फक्र था। हो भी क्यों न। उन्होंने उसकी खुब सेवा की थी। वहां तरह-तरह के फुलों के पौधे, हरी मिर्च की छोटी-छोटी डालियाँ, बोन्साई थाई पपीता का पेड़ जिसपर 6 छोटे-छोटे पीले रंग का पका रसीला पपीता लटका हुआ होता था, उस मिनी गार्डन की शोभा बढ़ा देते थे। लेकिन उनमे से सबसे प्रिय था उनका वह शिमला मिर्च का पौधा जो बहुत घना था और अपनी आगोश में आठ बड़ी-बड़ी मिर्चें छुपा रखा था। सुरेश सिंह उनका बहुत ख्याल रखते थे। किसी को उसके पास न जाने देते के कही उन्हें किसी की नज़र न लग जाए। हॉल में सुरु की माँ टीवी पर मोहमद रफ़ी, किशोर कुमार और देवानंद के कुछ नगमे सुन कर गुनगुना रही थी। गीत सुनते हुए और उनकी गुनगुनाहट के साथ, वह अपनी तेज़ धार वाली चाकु से घीया छील रही थी। पास में एक टेबल था जिसपर तरह-तरह की सब्ज़ियाँ थी। आज दोपहर में घीया की सब्जी, शाही जीरे से छौका हुआ मसूर दाल, आलु का भरता और देसी घी में भुने हुए चावल बनाने का प्रोग्राम था।

हॉल बिलकुल साफ़ सुथरा था, मगर उस तेज धार वाली छुरी से जब-जब घीया का सामना होता, तब-तब उसके कई छिलके और बीज ज़मीन पर परस्त हो जाते। उसे देख सुरु ने कहा- “मम्मी ज़रा आराम से, सारे

छिलके नीचे गिर रहे है, मैंने अभी-अभी सफाई की है"। इसपर सुरु की माँ ने कहा- ओह! मै इन गीतों की दुनिया में मशरूफ हो गयी थी बेटी। पता ही नहीं चला ये कब नीचे गिर गए। मै साफ़ कर दूंगी। तुम ज़रा इन सब्जियों को फ्रिज में डाल दो।

खाना पक रहा था। कुकर में पकती हुई मसूर की दाल की सीटियाँ पुरे घर को खुशबू से सराबोर कर रही थी। बगल के चूल्हे पर देसी घी में भुना चावल पक चूका था। आलु का भरता भी लगभग तैयार था। अब बारी थी घिये को पकाने की। रसोई में कटा हुआ घीया, जिसे सुरु की माँ थोड़ी देर में पकाने वाली थी, वहा धोने के लिए रखा हुआ था। सुरु ने उस घिये को देखा और उसपर सौ लानतें भेजी क्यूकी वो पिछले आठ दिनों से घीया के अलग-अलग व्यंजन खा रही थी। कभी उसके पकोड़े, कभी कोफ्ते तो कभी सुखी और मसालेदार तरी वाली सब्ज़ी। वह उस पल को कोस रही थी जब उसने अपने पिताजी को एक मर्तबा ये कहा था की उसे घीया खाने का बहुत मन कर रहा है। यह सुन कर सुरु के पिताजी ने उसी दिन शाम को ४५ रुपये प्रति किलो के हिसाब से ५ किलो घीया ला कर घर के बावर्चीखाने में पटक दिया। पहले-पहल तो सुरु को वह कच्चे घिये किसी लज़ीज़ पकवान से काम नहीं लगते थे। लेकिन धीरे-धीरे वह उनसे उखड सी गयी थी।

सुरु ने सोचा की उसकी माँ के आने से पहले वह उन कटे हुए घिये के टुकड़ो को धो ले। बावर्चीखाना का नल जो अब थोड़ा टूट गया था, उसे दक्षिण दिशा की ओर घुमा दिया गया जिससे उसका रिसता हुआ पानी बंद होता था। वह जैसे ही घीया धोने के लिए आगे आई, तो उसे रसोई की खिड़की से बालकनी में लगा वो शिमला मिर्च का पौधा दिखा जिनपर शिमला मिर्च लदे हुए थे। उन्हें देख कर वो सोच में पड़ गयी और मन ही मन बोली-

"काश आज इस स्वादिष्ट खाना के साथ ये घीया न बना होता। काश ये लदी हुई शिमला मिर्च और कोमल पनीर के सफ़ेद टुकड़ो की मसालेदार सब्ज़ीसे आज ये कड़ाही भरी होती। काश ये घीया अचानक ही सोयाबीन और शिमला मिर्च की रसदार सब्ज़ी में तब्दील हो जाता"। वैसे एक समय ऐसा भी था जब वो इन सब्जियों के सिर्फ नाम जानती थी।

लेकिन पिछले एक साल में, जब उसे रांची और दिल्ली घुमने का मौका मिला तो उसने कई सारे मॉल और रेस्टोरेंट में अपनी सहेलियों के साथ वो सारी व्यंजनों का लुत्फ़ उठाया था जो उसने कभी मन ही मन सोचा था। शिमला मिर्च के प्रति उसका ख़ास प्रेम था। ये सब सोचते-सोचते वह उन लदे हुए मिर्चियों को निहार रही थी।

कल्पनाओं की उड़ान जारी थी। इस उड़ान में उसके आँखों के सामने कई सारे व्यंजनों की तस्वीर आई। लज़ीज़ व्यंजनों का वह खयाली पुलाव तब टूटा जब बगल के चूल्हे पर रखे कुकर ने जोर की सिटी बजाई। सुरु घिया धो कर अभी रखने ही जा रही थी के उसने फिर से उन मिर्चियों को देखा। अचानक उसे ऐसा लगा जैसे वो मिर्चियाँ पलट कर उसे भी चिढ़ा रही हो। ऐसा प्रतीत हुआ जैसे वो मिर्चियाँ अपनी तनी हुई आँखें और भृकुटी से उसे जता रही हो के आज भी उसके नसीब में घीया की सुखी सब्ज़ी ही है। उनके जैसे खुशगवार सब्ज़ी और उससे बनने वाले व्यंजन तो अमीरों के दस्तरख्वान के महंगे क्रोकरी में

सजा कर पेश किए जाते है। ये तुम्हारी किस्मत में कहाँ! एक पल के लिए वो हरी मिर्च, जिसके उगने से उसे उसके पिताजी से भी ज्यादा सुरु को ख़ुशी हुई थी, अचानक से उसे उसके सबसे बड़े दुश्मन लगने लगे। वह सोचती के आखिर यह पौधा यहाँ क्यों लगाया गया है, ये किस काम का, जिसका फल तोड़ कर खाने की इजाज़त ना हो। उसने गुस्से से खिड़की बंद किया और घीया को दो मर्तबा पानी से धो कर अपने कमरे में चली गयी। थोड़ी देर के बाद खाना पक कर तैयार हो गया। सभी ने गरमा-गरम खाना बहुत मज़े से चटखारे ले कर खाया। खाने के दौरान सभी ने होली की खरीदारी की बातें की। खाने के बाद सुरु ने बावर्चीखाने की सफाई की और एक-एक चीज़ चमकाकर आराम करने चली गयी।

सुरु की माँ के खाने का अंदाज़ थोड़ा अलग था। वह एक बार में खाना नहीं खाती थी। डॉक्टर ने उन्हें थोड़ा-थोड़ा पर दिन में कई बार खाने का मशवरा दिया था। जब कुछ ढाई घंटो के बाद जब उन्हें फिर से हलकी भुख ने सताया, तो वह रसोई में गयी, और बर्तन के स्टैंड पर रखा हुआ एक कटोरा उतारा। उन्होंने उस कटोरे में थोड़ा चवाल, थोड़ी मसूर की दाल, सुखी घीया की सब्ज़ी और भरता डाल कर सब एक साथ मिलाया और खाने लगी। लगभग पांच मिनट के बाद जब उनका खाना ख़तम हुआ, तो उन्होंने जुठे कटोरे को बगल वाली स्लैब पर रखा और सोचा के उसे थोड़ी देर के बाद धो कर रख देगी और आराम करने चली गयी।

थोड़ी देर के बाद जब सुरु रसोई में पानी पीने गयी तो उसने उस झूठे कटोरे को देखा। उसने खाने के तुरंत बाद सारा बावर्चीखाना साफ़ किया था। उसे इस बात की उम्मीद न थी के रात तक वो कोई गन्दा बर्तन देखेगी। जब उसने उस कटोरे को देखा तो एक पल के लिए उसे उस दिन के बेहद लज़्ज़तदार खाने से धीरे-धीरे घृणा सी होने लगी। कटोरे के किनारे में लगे दाल और चावल के कुछ दाने अजीबो गरीब तरह पसरे हुए थे। सुरु को ऐसा लगा जैस उस कटोरे में किसी ने मांस के कच्चे टुकडों का कीमा रख दिया हो। उस कटोरे को देख कर उसके मन में इतनी घृणा पैदा हुई के वह सोचने लगी के काश आज का दिन ही न आता, काश आज वो उस घीया को छीलते-कटते हुए नहीं देखती। न वो उस रसोई के नल के पास घीया धोने जाती और ना ही वो हरी-हरी प्यारी शिमला मिर्च

उससे दुश्मनी मोल लेते। उसे ऐसा लग रहा था मानो की किसी ने उसके पुरे शरीर पर चावल और दाल का लेप लगा दिया हो और वो कुछ नहीं कर पा रही हो। वह जब भी कटोरे को और उसपर लगे चावल के दानों को देखती तो उसे ऐसा मालूम होता जैसे किसी राह चलते मनचले मवालियों के टोले ने उसे छू दिया हो। उसे भी अपने अन्दर उमड़ते हुए इन ख्यालों का कारण समझ में न रहा था।

ऐसा न था के उसने पहले बर्तन नहीं धोया था। यह काम तो रोज़ का था। पर आज के दिन जब उसका मन कभी छुट्टी के बारे में सोच कर खुश हो रहा था तो वही घिया की सब्ज़ी को देख कर उखड़ भी गया था। अपने अन्दर उठ रहे भावनाओं के सैलाब को वह समझ नहीं पा रही थी। बात यही खत्म नहीं हुई। जब उसने बावर्चीखाने के दीवार का रंग देखा तो उसे वहा भी दाल चावल के वही दाने पुरे दीवाल पर पुते हुए नज़र आ रहे थे। वह इस बर्तन को छुना भी नहीं चाहती थी। उसका मन कुछ इस कदर घृणित हो चुका था के एक पल उसने सोचा के वो उस कटोरे को उठा कर अपने कमरे में जाए, बालकोनी का दरवाज़ा खोले और उसे उस

सहजन के पेड़ के बगल में लगे उन आवारा सरकंडो के पीछे इतनी तेज़ी से घुमा कर फेके की दोबारा वह कटोरा उसे न दिख पाए।

उसे ऐसा लगा की वो मानों किसी जानवरों के बुच्चड़खाने में बैठी हो जहा उसके आस-पास उनके गरम गोश्त, खून और कीमा के ऊँचे-ऊँचे टाल लगे हो और उसके सर पर कटा हुआ बकरे का खोखला जिस्म झूल रहा हो। उसे अचानक से ऐसा लगने लगा था के ज़िंदगी वाकई में एक बड़ी जंग है जिसे जीतना नामुमकिन है। उस जूठे कटोरे ने उसे रोम-रोम तक ऐसी घृणा पैदा कर दी थी मानो के १० घंटे लगातार नहाने से भी उसके जहन से वो महक, जो दरअसल उसके मन में था, वो कभी इस शरीर से नहीं जाएगा। कुछ पलो के लिए उसे ऐसा लगा की वो गंध उसके दिमाग के एक-एक नसों में समा गयी हो जिससे छुटकारा नहीं पाया जा सकता। उसे ऐसा लगा के किसी ने उसे कीचड़ के दल दल में धेकेल दिया हो, और उसकी गीली मिट्टी उसके तमाम जिस्म को गन्दा कर रही हो।

वह गन्दा बर्तन अब उसके मन में घर गया था। ऐसा नहीं था के उसने पहले जूठे बर्तन नहीं धोए थे। मगर आज उस गंदे बर्तन को देखकर उसे संसार की तमाम नैतिकता, सच्चाई और संस्कारो से उसका विश्वास उठ गया। अब इस दुनिया में उसके लिए कुछ भी शेष नहीं बचा था। जैसे की सब कुछ खत्म हो चुका हो। बहुत सारी हिम्मत जुटा कर उसने अपने तीन उंगलियों से, जिनके पतले नाखूनों पर उसने कुछ दिन पहले गहरे लाल रंग का नेलपॉलिश लगाया था, उस गंदे जूठे बर्तन को उठाया और सिंक में डाल दिया। नल से पानी की बहती धार निकाली और जल्दी से उसपर साबुन डाल कर उसे पूरी तरह धोया और नए बर्तन की तरह चमका दिया। बर्तन की जमी गंदगी धुलने के साथ-साथ उसके मन की उलझन भी अब धीरे-धीरे शांत हो रही थी, मगर सुरु इस मन की उलझन को समझ नहीं पाई।

उसने चैन की सांस ली और हॉल में दाखिल हुई। उसे ऐसा प्रतीत हुआ जैसे की वह किसी अस्पताल में कोई घायल मरीज़ के खून से लथपथ जिस्म की मरहम-पट्टी कर के आई हो। उसने फ्रिज का दरवाज़ा खोला, डिब्बाबंद सेव का रस पिया जो स्वाद में कुछ ज्यादा ही मीठा था। उस रस की ठंडक ने उसके मन को साफ़ किया और वह वापिस अपने कमरे

में जा कर लेट गयी। उस गंदे बर्तन ने उसे उन सारी खुशनुमा यादों से अलग कर दिया जो वह होली के दिन के लिए सँजो रही थी और जिसे सोचते-सोचते वह कब सो गयी थी, उसे भी पता न चला।

2

अजनबी रिश्तें

निशा- "मैडम ये आश्रम मेरा सब कुछ है। मैने यहां अपने ज़िंदगी के कई साल हसते-खेलते गुज़ार दिए। कभी किसी की याद भी न आई। याद आती भी तो किसकी, न माँ-बाप है, न कोई रिश्तेदार। मैने अपना होश यही संभाला, नए दोस्त बनाए, आप सब के साथ रह कर अपनी ज़िंदगी के कई पहलुओं को आप लोगो के साथ जिया। आज इतने सालों बाद यकीन नहीं हो रहा के मुझे ये जगह, अपना ये घर, छोड़ कर जाना पड़ रहा है।"

सुनीता- निशा! मुझे आज भी याद है, जब तुम बच्ची थी तो अपने नन्हे पैरों से दौड़ लगाकर इस बगीचे में खेलती थी। अपने तोतले आवाज़ और शरारतों से इस आश्रम को खुशनुमा बना देती थी।

निशा हलके से मुस्कुराई, लेकिन उसके अंदर आज भावनाओं का सैलाब उमड़ रहा था।

सुनीता: मैने तुम्हारा बचपन देखा है। तब इस आश्रम में ज्यादा बच्चे भी न थे। तुम सबकी प्यारी थी। मेरे बस में होता तो तुम्हे कही जाने न देती। तुमसे एक गहरा रिश्ता बंध गया है जो इस जन्म में कभी नहीं टूटेगा। भले ही रिश्ता खुन का न हो, लेकिन तुम मेरी बेटी से कम नहीं हो। पर क्या करू, मै भी इस आश्रम के नियमों से बंधी हुई हु। यहाँ जो भी आता है उसे एक न एक दिन इस जगह से जाना ही पड़ता है। तुम अब सयानी हो गयी हो। अभी तो पुरी ज़िंदगी बाहें फैला कर तुम्हारा स्वागत

कर रही है। मैंने तुम्हारी नौकरी पक्की कर दी है। अब तुम अपने पैरो पर भी खड़ी हो जाओगी और इस दुनिया को अपने नज़र से देखोगी। अगर मुंबई शहर में तुम्हे किसी भी तरह की तकलीफ हो, तो याद रखना, सुनीता भले ही आश्रम की नियम से बंधी हुई हो, पर एक माँ अपने बच्चे के लिए हर बंधन तोड़ कर कभी भी आ सकती है।

निशा: थैंक्यू मैडम! अगर मेरी सगी माँ भी होती तो वह भी इतना न करती, जितना आपने मेरे लिए किया है।

निशा एक अनाथ लड़की थी जो दो साल के उम्र से इस अनाथ आश्रम में रह रही थी। आज से कई साल पहले जब सुनीता देवी ने अपने पति, जो की एक समाज सेवक थे, उनकी मदद से ये आश्रम खोला था। उनका एक सटीक मकसद था। वो इस अनाथ आश्रम से उन बच्चों की मदद करना चाहती थी जिसे उनके परिवार ने किसी गैराना वजह से उन्हें छोड़ जाते। कोई अपना तो इस कदर पत्थर दिल नहीं होता के बच्चों का मासूम चेहरा देख कर उन्हें कही भी छोड़ कर, उनसे मुँह मोड़ कर चला जाए। निशा ऐसे ही कुछ लोगो से ठुकराई हुई थी जिसे कोई अनाथ आश्रम में छोड़ गया था। सुनीता जी ने उसे अपने पास रखा, पाला-पोसा और आज वो २१ साल की हो गयी थी। हालांकि सुनीता देवी की अपनी कोई अवलाद न थी। वो जब भी निशा को बचपन में दौड़ते, खाते और आश्रम के आँगन में मिटटी के गुड्डे-गुड़ियों का खेल खेलते हुए देखती, तो उन्हें भी अपना बचपन याद आता। एक पल के लिए उन्हें भी ये यकीन नहीं हो रहा था के आज वो जाने वाली है। आज सुनीता देवी का दिल बहुत भारी था।

निशा जो इस वक़्त आश्रम के मालकिन सुनीता देवी से बातें कर रही थी और अपने अंदर के उमड़ते हुए बवंडर से कश-म-कश कर रही थी, वहां से उठी और अपने कमरे में गयी। ये वही कमरा था जहाँ वो बचपन से रह रही थी। उसे वहां की एक-एक चीज़ो से लगाव हो गया था। वो एक मजबूत दिल की लड़की थी। समय ने उसे बहुत कुछ सिखाया था और वो अपनी भावनाओ को काबु में रखना जानती थी। ऐसा नहीं था के वो आज यहाँ से अलग हो रही थी तो चीत्कार मार कर रोती, या फिर वहां से न जाने की ज़िद्द करती। वो समझ सकती थी की ये आशियाना अब उसके लिए पराया हो चुका है। उसने फिर हलके से मुस्कुराया और अपने

पलंग की ओर बढ़ी। बड़े ही संजीदगी से उसने उसे अपने हाथों से छुआ, और उन पलों को याद किया जब वो छोटी थी और कभी-कभी रात में डर जाने पर सुनीता जी उसे प्यार से इसी बिस्तर पर सुला दिया करती थी। तभी उसकी नज़र पास के सूटकेस पर पड़ी जिसमे उसने रात को ही सारा सामन बाँध लिया था। उसने पुरे कमरे पर एक नज़र दौड़ाई और वहां रखी सभी चीज़ो को ध्यान से देखा। उसकी सहेली पूजा भी उसी आश्रम में रहती थी। उसने सूटकेस उठाया, पूजा से विदा लिया और आँगन की ओर बढ़ी जहाँ उसकी टैक्सी आने वाली थी। वह टैक्सी उसे उसके नए आशियाने पर ले जाने वाली थी जो की एक गर्ल्स हॉस्टल था। उसे यह हॉस्टल का कमरा उसके कंपनी की तरफ से मिला था जिसमे वो कल से बतौर एक टाइपिस्ट काम करने वाली थी। सबने उसे नम आँखों से विदा किया। आज से वह अपनी एक नई दुनिया बसाने निकल पड़ी थी।

शाम हो चुकी थी। आसमान नीला से सुनहरा हो गया था। वह हॉस्टल पहुंच गयी थी। उसने अपने कमरे में सारे सामन को सजाया और अपनी टिफ़िन खोली जिसमे सुनीता देवी ने अपने हाथों से उसे गरमा-गरम पूरियां और आलू की सब्जी बांध कर दिया था। खाने के बाद वह बहार निकली तो देखा के हॉस्टल के सामने एक छोटा सा पार्क था जो बड़ा ही खुबसुरत था। वहां लगे तरह-तरह के फूल और पेड़ पौधे उसका मन मोह रहे थे। सूरज धीरे-धीरे ढल रहा था और अपनी लालिमा पुरे धरती पर बिखेर रहा था। उस ढलते सूरज के साथ-साथ अब उसके मन का अन्तद्र्वंद भी शांत हो रहा था। वो लड़ाई जो वह अपने अंदर सुबह से लड़ रही थी उसमे जीत समझदारी और परिपक्वता की हुई थी। ये जीत तो सुबह ही तय हो गयी थी। उसने रात का खाना खाया और सो गयी।

अगली सुबह उसके लिए उसकी जीवन का नया सवेरा लेन वाला था। ऑफिस जो जाना था। वो जल्दी-जल्दी तैयार हो कर, भागते-भागते स्टेशन पहुंची, लोकल ट्रेन के लेडीज डब्बे में बैठी, और भगवान् को शुक्रिया अदा कर रही थी के उसका दफ्तर दो स्टेशनों के बाद ही था। जब वो ऑफिस पहुंची तो कुछ देर के बाद बॉस ने उसे अपने केबिन में बुलाया। उन्होंने उससे कुछ सवाल पूछे जैसे नाम, पढाई की डिग्री और एक छोटा सा टाइपिंग टेस्ट भी लिया। निशा ने अपने बॉस का दिल जीत लिया। उन्होंने ने तुरंत मोहन को बुलाया और कहा की वो उसे निशा को उसका टेबल दिखा दे और उसे उसका काम अच्छे से समझा दे।

मोहन २५ साल का एक जवान लड़का था। दफ्तर में अपने टीम का मार्केटिंग हेड था और अपने बॉस की नज़र में सबसे मेहनती कर्मचारी जिसने अपने काम से कंपनी को बहुत मुनाफा दिलवाया था। उसने

काफी छोटे उम्र से ही काम करना शुरू कर दिया था। बॉस उसके काम से हमेशा खुश रहते थे। इसका सबूत ये था की उसे महज़ महीने के दस हज़ार रुपये सिर्फ ऑफिस आने-जाने के लिए मिलते थे, और मुनाफे पर इंसेंटिव अलग से मिलता। कंपनी की तरफ से उसे एक दो कमरे का फ्लैट भी मिला था जिसमे वो अकेला रहता था। उसके आगे पीछे कोई न था। माँ-बाप बचपन में ही गुज़र गए थे। उसे उसकी मौसी ने कुछ सालों तक अपने पास रखा और अचानक एक दिन उसे एक अनाथ आश्रम में डाल दिया। उनसे बच्चे का अतिरिक्त खर्च सहन नहीं हो रहा था। वह बहुत छोटा था जब उसे अनाथ आश्रम में लाया गया। नियम के अनुसार उसे भी अठारह साल में अपना आश्रम छोड़ना पड़ा और रोज़ी रोटी कमाने के लिए नौकरी करनी पड़ी। उसने बहुत मेहनत किया और आज इस कंपनी में मार्केटिंग हेड की मुकाम तक पंहुचा। उसके पास पैसे की कोई कमी न थी, उसके पास ज़िंदगी गुज़ारने के लिए वो सारी तमाम सुविधाएं जैसे टेलीविज़न, वाशिंग मशीन, बड़े-बड़े सोफे, ओवन सब कुछ मौजूद थे। बस एक ही कमी थी उसके जीवन में। एक रिश्ते की। वो तमाम सुख सुविधाएं उसे एक रिश्ते का सुख नहीं दे सकती थी। कभी-कभी वो सोचता के उसे भी कोई प्यार करने वाली मिल जाए, या छोटे-छोटे बच्चे जो उसे चाचा या मामा कह कर बुलाते। कोई ऐसा भी हो उसे भैया बुलाए या वो किसी को दीदी कहे। मन में ख्याल तो हज़ारों थे पर हकीकत तो यह था की उसके रिश्तों की झोली खाली थी।

निशा का दफ्तर में पहला दिन बहुत अच्छा गुज़रा। मोहन ने उसे सब कुछ समझा दिया और काम में तो वो अव्वल थी ही। दिन बीता और सब अपने-अपने घर चले गए। निशा ने भी लोकल ट्रेन पकड़ा और अपने हॉस्टल पहुँच गयी। रात का खाना खा कर, किताबों के कुछ पन्ने पलटाये, और सो गयी। अगले दिन उसे पता चला के ट्रेन के भीड़ के अलावा उसके हॉस्टल से कुछ ही दूर एक बस स्टॉप है जहाँ से उसे ऑफिस जाने के लिए बस मिल सकती है और ये रास्ता भी आसान है।

ये कैसी उलझन

उसने वही से जाने का सोचा। बस स्टॉप पर वो कुछ देर खड़े रह कर बस का इंतज़ार कर ही रही थी के अचानक उसके सामने एक ऑटो रुका। उस ऑटो में मोहन बैठा था और वो भी हमेशा इसी रास्ते से ऑफिस जाया करता था। मोहन ने थोड़ा हिचकते हुए कहा- निशा जी आइये! मैं भी ऑफिस ही जा रहा हूँ, आपको भी ड्राप कर दूंगा। हमारी मंज़िल एक ही है।

निशा थोड़े सोच में पड़ी गयी और बोली- नहीं मोहन जी! आपको बेकार में तकलीफ होगी। बस आती ही होगी, मैं चली जाऊंगी।

मोहन ने कहा: इसमें तकल्लुफ्फ़ की कोई बात नहीं। हमें एक ही जगह तो जाना है और ऑफिस भी पास में ही है।

निशा ने थोड़ी देर सोचा और जा कर ऑटो में बैठ गयी। दोनों ने सफर के दौरान खुब सारी बातें की और बातों के इस सिलसिले में कब ऑफिस आ गया उन्हें पता ही न चला।

दफ्तर का माहौल हर दिन के जैसा था। कभी-कभी शोर शराबा, दूर से कही प्रिंटर से निकलती गरम पेपर प्रिंटिंग की आवाज़ आती, कुछ कानाफूसी, तो कभी एकदम शान्ति। एक बार जो अपनी कुर्सी पकड़ता, कुछ घंटो के लिए उसपर से न उठता, जब तक के गुड़िया दीदी सब के लिए चाय नहीं लाती थी। उस दिन टी-ब्रेक के दौरान मोहन और उसके कुछ साथी पेपर में कपड़ो की लगी सेल को ले कर हंसी ठिठोली कर रहे थे। इश्तहार ही कुछ ऐसा था। उसपर लिखा था के ढाई हज़ार के कपड़े खरीदो और ढाई हज़ार के सामान मुफ्त में ले जाओ। यह वाकई में मज़ाक सा लग रहा था क्योकि ऐसा होना नामुमकिन था। सभी उस इश्तिहार को ले कर मज़ाक उड़ा रहे थे। उनकी बातें सुन कर निशा भी मंद-मंद मुस्कुरा रही थी और बार-बार मोहन के चुटकुलों पर जोर से हंस देती।

दोपहर का वक़्त हो चला। मोहन अपने एक ख़ास दोस्त के साथ ऑफिस में लंच करता था जो उस दिन अपनी बिगड़ी हुई तबीयत के वजह से ऑफिस नहीं आया था। उसने लंच के दौरान फिर से निशा को अपने साथ लंच करने के लिए कहा। निशा जो की टिफ़िन नहीं लाती थी, बड़े ही मासुमियत के साथ कहा- मैं टिफ़िन नहीं लाती। हॉस्टल में केवल दो वक़्त का खाना देते है। मोहन मुस्कुराया और कहा मेरा टिफ़िन है ना। मैं खुद ही बनाता हुँ।

आज सुबह-सुबह मैंने बैगन की सब्ज़ी, रायता और गरमा-गरम परांठे बनाए थे। वही पैक कर के लाया हुँ। हाँ मिठाई का भी शौक़ीन हु, पर वो नहीं बनाता, पास वाले दुकान से खरीद लाता हुँ।

मोहन की बातें सुन कर निशा हस पड़ी। उसे मोहन की मासुमियत और सच्चाई बहुत अच्छी लगी। उसने बगल के टेबल से एक कुर्सी खींची और मोहन को बैठने के लिए कहा। मोहन ने बैठते के साथ ही अपना डब्बा खोला और दो जगह परोस दिया। जब निशा ने पहला निवाला खाया तो उसे रहा न गया। वह बोली- मोहन जी, आप खाना तो बेहद स्वादिष्ट बनाते है, आपकी बीवी को रसोई में चूल्हे छौकने की ज़रूरत नहीं पड़ती होगी। इसपर मोहन ने हस्ते हुए कहा- मेरी शादी नहीं हुई है। मेरा इस दुनिया में भी कोई नहीं है। बस ये ऑफिस में कुछ यार दोस्त है जिनके साथ वक़्त कट जाता है।

बातों का सिलसिला आगे बढ़ा जिसमे निशा को ये पता चला के मोहन भी अनाथ था। वह थोड़ी देर के लिए भौचक्की रह गयी। दो निवाले निगलने के बाद उसने तीसरा निवाला बड़ी मुश्किल से निगला था। उसने

भी अपनी सारी बातें मोहन को बता दी के किस तरह से उसने भी अपनी ज़िंदगी में अगर किसी को अपना कहा है तो वह सुनीता देवी थी जिन्होंने उसे बड़ा किया था। लंच का टाइम ख़त्म हुआ। सब अपने-अपने काम में मग्न हो गए। निशा का ध्यान थोड़ा भटका सा लग रहा था। वह सोच रही थी के भगवान ने उसे इतने अच्छे इंसान से मिलाया जिसका दिल पाक साफ़ था, पर उसे भी रिश्तों का कोई सुख न दिया। उसे ऐसा लगा के उसका और मोहन का मिलना महज़ एक संजोग नहीं है। ज़रूर उसके पीछे कुछ बात थी। सब ने अपना-अपना काम ख़त्म किया और घर चले गए। अगले सुबह भी वही हुआ। बस स्टॉप पर निशा बस का इंतज़ार कर रही थी और मोहन ऑटो से जा रहा था, बस स्टॉप पर दोनों की मुलाकात होती और वो दोनों साथ ही ऑफिस आए।

दोनों जवान थे! नज़दीकियां बढ़ती गयी और धीरे-धीरे प्रेम की ओर रुख कर रही थी। एक दिन इसी तरह जब वो अपने बस का इंतज़ार कर रही थी और उसी तरह मोहन का ऑटो उसे लेने पंहुचा, तो वह बैठने के बाद बोली: "मोहन जी आप मुझे इस तरह से हर दिन ऑटो में लेने न आया कीजिए"। मोहन थोड़ा सकपका गया और पूछा- "क्यों? क्या आपको ये अच्छा नहीं लगता"। निशा ने कहा- नहीं वो बात नहीं है! मेरी तनख्वाह इतनी नहीं है के हर दिन आपके साथ ऑटो का खर्च उठा सकू। आखिर हर बार मेरे हिस्से के पैसे आप ही देते है।

मोहन ने थोड़ी हैरानी से कहा: मुझे ऑटो से आने-जाने के लिए कंपनी पैसे देती है। मेरे अपने पॉकेट से कुछ भी खर्च नहीं होता। आपको इसकी चिंता करने की ज़रूरत नहीं है। आप खामखाँ ही परेशान हो रही है और दूसरी बात तो ये के आज से आप मुझे मोहन बुलाएंगी। मोहन जी नहीं। ये "जी" शब्द सुनकर मुझे ऐसा लगता है की मैं ५० साल का हो गया हु। इसपर निशा ज़ोर से हस पड़ी और कहा: ठीक है, मोहन। अब खुश! दोनों ने एक साथ ऑफिस जाने की योजना बना ली।

वक़्त अपनी गती से चल रहा था। ये ऑटो का सिलसिला छह महीनो तक चला। कभी-कभी वो बहार भी मिलते और घंटो बातें करते। कभी डिनर तो कभी लंच पर भी साथ ही जाते थे। इन छह महीनो में मोहन अब पूरी तरह से निशा का हो चूका था। उसके दिल में बजने वाली हर

धुन, राग और सुर अब प्रेम की ओर इशारा कर रहे थे। उसे लगता के वो फिल्मों का हीरो है जो अपनी प्रेमिका से को अपने प्यार का इज़हार गाने से कर रहा हो।

ये तो मोहन के दिल का हाल था। वहां निशा को भी चैन न था। वो भी कुछ ऐसे ही खवाब देख रही थी। उसके मन में भी नब्बे के दशक का वह गाना लगातार बज रहा था जिसमे दिव्या भारती ने अपने दिल को कुसुरवार न ठहरा कर अपने आशिक के दिल की कहानी को बयां किया था। मोहन का जादु उसपर भी चल गया था। वो नए-नए कपड़े पहनती, थोड़ा साज-श्रृंगार करती और मोहन को याद कर खुद में मुस्कुराती। आलम तो ये था के वो अब खुद को आईने में देखती और शर्मा कर गाने गुनगुनाती।

एक रविवार की सुबह निशा मोहन के फोन का इंतज़ार कर रही थी। तभी उसे ऑटो की आवाज़ उसके हॉस्टल के नीचे सुनाई दी। निशा ने खिड़की से झाँका तो देखा के मोहन उस ऑटो से उतर रहा है। उसे देखकर वो बहुत खुश हुई। मोहन ने इशारे से निशा को नीचे बुलाया और पास वाले पार्क में मिलने की सोची। निशा नीचे आई और दोनों उस पार्क की तरफ बढ़े। दिन बहुत खुशनुमा था। धीरे-धीर काले बादल आसमान घेर रहे थे जो कब बरस पड़ते, किसी को पता न था।

आज मोहन एक मकसद से आया था। कुछ देर के बातों के बाद मोहन ने निशा से पूछा:

निशा, आज की ये मुलाकात मेरे लिए बहुत ख़ास है। मैंने तुम्हारे साथ कई लम्हे बिताएं है। वो एक-एक पल मेरे ज़िंदगी के सबसे अच्छे पलों में से एक हैं। मै इन्हे हमेशा अपने साथ रखना चाहता हुँ। इन्हे अपने दिलों-दिमाग से नहीं निकाल सकता। मै चाहता हुँ के जिसने मुझे ये अनमोल पल सौगात में दिए है उसके साथ मै अपनी सारी ज़िंदगी गुज़ार दु। मै तुम्हे चाहने लगा हु निशा, तुमसे बहुत प्यार करता हु। क्या तुम मेरे साथ शादी करोगी? मेरी हमसफ़र बनोगी?

निशा एक पल के लिए स्तब्ध रह गयी। उसे ऐसा लगा मानों जैसे मोहन ने उसे उसके दिल की बात बता दी हो। वो हमेशा की तरह मुस्कुराई, खड़ी हुई और मोहन की तरफ थोड़ा गौर से देखा और अपना

हाले दिल भी बयां कर दिया। ये बता दिया के वो भी उससे उतना ही प्यार करती है जितना मोहन उससे करता है। आसमान के बादल घने हो गए थे, पार्क में लगे फूलों की क्यारियां हवा से हिल कर एक दूसरे से टकरा रही थी। गुलाब, टुलिप, गुलदाऊदी, और गेंदे के फूलों को हवा की थपेड़ों से ज़ोर-ज़ोर हिलते देख ऐसा लग रहा था के प्रकृति भी इस रिश्ते को अपनी हामी भर रही हो। निशा ने ख़ुशी-खुशी हाँ कर दिया। तभी अचानक चारो तरफ से बादलों ने जैसे हमला बोल दिया हो और पुरे ज़ोरों से बारिश शुरू हो गयी। वो दोनों बारिश में भींग रहे थे। उन्हें किसी का भी ध्यान न था। प्रेम में लिपटे इस जोड़े को अभी तक इस बारिश का पता न चला था। दोनों एक दूसरे की आँखों में खोए हुए थे। उन्हें होश तब आया जब एक भयानक आवाज़ वाली तेज़ बिजली ने अपनी गर्जन से पुरे मुंबई को डरा दिया। बारिश से बचने के लिए वो दोनों पास के ऑटो में बैठ गए जिससे मोहन आया था। आज दोनों बहुत खुश थे। दो दिलों को एक दूसरे का साथ जिंदगी भर के लिए मिलने वाला था। मोहन ने कंपनी के वकील के दोस्त के सहारे कोर्ट में शादी के लिए अर्ज़ी लगायी और एक हफ़्ते में ही दोनों ने शादी कर लिया। गवाह के तौर पर मोहन के कुछ मित्र आए थे और निशा की तरफ से सुनीता देवी और आश्रम की कुछ सहेलिया आई थी। दोनों का खाली पिटारा अब रिश्तें और खुशियों से भर गया था।

तीन महीने के बाद मोहन को खुश खबरी मिली के वह पिता बनने वाला है। एक दिन मोहन और निशा ने कुछ देर रात तक ऑफिस में काम किया। उन दोनों ने अगले दिन छुट्टी ली थी। निशा को डॉक्टर के पास जाना था। अगले दिन दोनों तैयार हो कर डॉक्टर के पास गए। डॉक्टर ने जांच किया और सभी कुछ सही बताया और निशा को ख़ास ख्याल रखने की हिदायत दी। मोहन दवाई का पर्ची ले कर मेडिकल शॉप पर गया, सारी दवाईयाँ खरीदी, और एक टैक्सी बुक की और घर की ओर चल पड़े। आज मोहन की खुशियों का ठिकाना न था क्युकी उसके रिश्तों का ख़ाली पिटारा पूरी तरह से भर गया था। टैक्सी में मोहन ने निशा को सख्त हिदायत दी के वो कोई भी भारी सामन नहीं उठाएगी और

जितना हो सके आराम करेगी। ऑफिस में भी उसे ज्यादा भाग दौड़ करने से मना किया।

दोनों हसते-बोलते अभी टैक्सी से कुछ ही दुर रवाना हुए थे के अचानक एक बूढ़ा आदमी उसके टैक्सी को रोकने का इशारा कर रहा था। वह रास्ते के बीचो-बीच खड़ा था इसलिए ड्राइवर को टैक्सी थोड़े झटके के साथ रोकनी पड़ी। मोहन और निशा अभी कुछ सोच ही रहे थे के वो बूढ़ा आदमी उनके टैक्सी की खिड़की के पास आ कर बोला:

"बेटे ज़रा मुझे आगे वाली चौक तक छोड़ दो। मेरे पास पैसे नहीं है और वहां चौक पर मेरी पत्नी मेरा इंतज़ार कर रही है"। उसकी आँखो से दुःख और बेचारगी साफ़ झलक रही थी। मोहन ने उसे गाड़ी में बैठा लिया और आगे तक छोड़ दिया। चौक पर उसकी बूढी पत्नी एक बेंच पर बैठी हुई थी। उसके पास काफी सामन था। एक ब्रीफ़केस, २ बैग, और एक पुराने फैशन का बड़ा सा हैंडबैग। उसने गाड़ी रुकवाई और चौक पर उतर गया। जब उसकी पत्नी ने उसे देखा तो वह रो पड़ी। उन्हें उनके माकन मालिक ने घर से तीन महीने का किराया न मिलने से घर से निकाल दिया था और आज दोनों रास्ते पर आ चुके थे। उस बूढ़े ने अपनी पत्नी से पूछा: क्या हुआ तुम यहाँ कैसे आ गयी? माकन मालिक ने निकाल दिया क्या?

इसपर रोते हुए उसकी पत्नी ने कहा: हाँ। मैंने कई दफा वीरेंद्र को फोन लगाया की वो पैसे भेज दे। जब उसने फोन नहीं उठाया तो मैंने शीला को भी फोन किया, पर दोनों ने बात करने से इंकार कर दिया। मकान मालिक को सही समय पर किराया नहीं मिल पाया तो उसने हमें घर से निकल दिया। अब हमारे पास रहने के लिए कोई जगह नहीं है। बूढ़े ने अपनी पत्नी के कंधो पर हाथ रखा और कहा- कोई बात नहीं ललिता, शायद भगवान् हमारी परीक्षा ले रहा है, वही हमें नया रास्ता दिखाएगा। उसकी भी आँखें नम थी। उसने अपना चश्मा हटाया और अपने आंसुओ को पोंछा। यहाँ इनके पास रहने को छत नहीं था तो वहां मोहन और निशा भी अजीब उलझन में पड़े थे। गाड़ी आगे निकलने के साथ-साथ मोहन और निशा के मन में कई सवाल पैदा हो रहे थे।

अचानक निशा अपने उलझन से निकली तो उसने मोहन से कहा - मुझे वो सच्चे लगते है और शायद किसी मुसीबत में हैं। हमें उनकी मदद करनी चाहिए। मोहन को भी कुछ ऐसा ही एहसास हो रहा था, वो उनकी मदद करना चाह रहा था पर पहले वो हिचकिचाया। फिर निशा के समझाने के बाद उसने ड्राइवर को वापिस गाड़ी मोड़ने को कहा और उसी चौक पर गये।

जब बूढ़े ने वही टैक्सी दुबारा उसके तरफ आते हुई देखी तो थोड़ा चौक गया। मोहन और निशा दोनों गाड़ी से निकले और उनकी ओर बढ़े। उन दोनों ने उनसे पूछा के क्या वो अकेले है, कहा रहते है, ताकि वो उन्हें उनके घर तक छोड़ दे। इसपर उस बूढ़े आदमी की पत्नी, जिसने पीले रंग की साड़ी पहनी थी, और अपने आँखो में न जाने कितने दुखों का बवंडर ले कर खुद से लड़ रही थी, अचानक ज़ोर से रो पड़ी। गैरो के सामने वो क्या बताती के उसके बेटे और बहु की वजह से वो आज रास्ते पर आ गए थे। बूढ़े ने उसे दिलासा दिया, अपना चश्मा उतरा और मोहन से बड़ी ही दुख भरी लहज़े से कहा- बेटे, मेरा नाम सुरेश है।

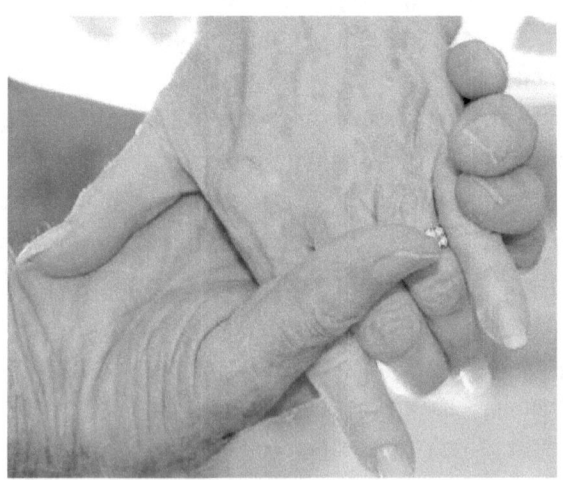

आज के ज़माने में इंसान हर चीज़ को फ़ायदे की नज़रों से तौलता है। हर चीज़, चाहे वो रिश्तें ही क्यों न हो, जब तक के उससे कोई फायदा न हो, तब तक कोई भी रिश्ता उसके किसी काम का नहीं होता। महज़ एक बोझ बन जाता है। ये मेरी पत्नी हैं ललिता! मेरा बेटा वीरेंद्र जिसने लंदन यूनिवर्सिटी से एम.बी.ए. किया और कारोबार करने यहाँ आया तो मुझे और अपनी माँ को पैसों के लिए खूब बहलाया फुसलाया। उसने हमें बहुत ऊँचे-ऊँचे सपने दिखाये। उसे अपने ऊपर पूरा भरोसा था। हमने अपना घर बेच दिया, गाँव की ज़मीन भी बेच दी और यहाँ तक की अपनी सारी जमा पूंजी भी दे दिया। उसने अपने कारोबार में खूब तरक्की की और गुजरात शिफ्ट हो गया लेकिन हमें पता ही न चला के धीरे-धीरे वो हमारे दिलों से भी दूर हो गया। वह हमें गुजरात से पैसे भेजता जिससे हमारा गुज़ारा चलता था। पिछ्ले तीन महीनो से उसने हमें एक पाई भी न भेजी। नतीजा ये हुआ के हम घर का किराया भी न दे पाए और माकन मालिक ने हमें घर से निकल दिया। हमारे बेटे को जब तक हमारी ज़रूरत थी, तब तक उसने हमे सर आँखो पर बैठा कर रखा और आज जब उसने पैसे कमा लिए है, तो उसे हमारी याद भी नहीं आती। हम उसके लिए महज़ एक बोझ बन कर रह गए है जिससे उसको छुटकारा चाहिए।

मोहन और निशा ने उन दोनों को देखा और कही न कही उनके दर्द को महसूस किया। ऐसा न था के मोहन को उनपर दया आ रहा था। लेकिन चंद लम्हो तक उसे ऐसा प्रतीत हुआ जैसे वो उसकी खुद की कहानी हो और उसे वो पल याद आया जब उसकी मौसी ने भी उसे इसी तरह अनाथ आलय मे डाल कर फिर कभी मुड़ कर न देखा। यह सोचते-सोचते मोहन ने अचानक से कहा- देखिये इस वक़्त शाम हो चुकी है और थोड़ी देर में अँधेरा भी हो जाएगा। आपलोग चाहे तो हमारे यहाँ रह सकते है। ऐसा मत सोचिए के हम आपलोग पर एहसान कर रहा हैं। जब आपलोग के रहने का इंतज़ाम हो जाएगा तो चले जाइएगा।

इसपर ललिता देवी ने कहा: लेकिन बेटा तुम हमारे लिए इतना कुछ क्यों कर रहे हो?तुम तो हमें ठीक तरह से जानते भी नही?

निशा: हमने भी अपने जीवन का बहुत सारा समय अकेले गुज़ारा है। आप भले ही हमारे लिए अजनबी हों और हम आप लोगो के लिए, लेकिन जज़्बातों का रिश्ता बनने में ज़्यादा वक़्त नहीं लगता। आइये, घर चलिए, हमलोग मिल कर अपना दुःख बाटेंगे।

दोनों टैक्सी से घर चले गये। उन्हें बहुत ख़ुशी थी के उनके सर पर अब एक छत थी। वो चारों बहुत खुश थे। निशा ने आज कुछ ख़ास व्यंजन बनाए थे। पनीर की सब्ज़ी, आलू जीरा, करारी पूरियां और बगल के हलवाई से गुलाब जामुन भी मंगवाए थे, जहाँ से मोहन अक्सर मिठाइयां ख़रीदता था। ललिता देवी भी दोनों का बहुत ख्याल रखती, ख़ास कर निशा का। सोने से पहले उन्हें गरम दुध पिलाएं बिना न सोने देती। मोहन के घर में चहल- पहल हो गयी थी। अब उसे दफ्तर से आने के बाद किसी चीज़ की कमी महसूस नहीं होती थी। न ही रिश्तों की और न ही अच्छे खाने की। कुछ दिन बीत गए। सब कुछ खुशनुमा चल रहा था। शायद मोहन के रिश्तों का पिटारा भर गया था। एक प्यारी बीवी थी, बच्चा आने वाला था और इतने अच्छे ख्याल रखने वाले माँ-बाप भी मिल गए थे। उसका परिवार जो वह कभी अपने सपनो में देखा करता था, अब पूरा हो चूका था। उसे अब कुछ और नहीं चाहिए था।

दिन बीतते गए। सब कुछ अच्छा चल रहा था। एक रात निशा और मोहन अपने समय से घर नहीं आए। ऑफिस के बाद दोनों ने घूमने की योजना बनाई थी। यहाँ ललिता देवी और उनके पती थोड़ा परेशान हुए। उन्हें घबराहट हो रही थी। रात के दस बजने जा रहे थे। डर और घबराहट से उनसे एक निवाला न निगला गया। अचानक रात के दस बजे घंटी बजी तो उन्होंने देखा के मोहन और निशा दरवाज़े पर थे। उन्होंने उन्हें अंदर बुलाया और खूब डॉट लगाई। जब उन्होंने सुना के निशा भी बाहर से खाना खा कर आई है तो वह और भी गुस्सा हुए, क्योकि इस हालत में निशा को बहार का खाना नहीं खाना चाहिए था। घर का माहौल थोड़ा गंभीर हो गया। मोहन और निशा अपने कमरे में गए, कपडे बदले और सोने चले गए। जहा माँ-बाप की डांट-फटकार बच्चों को थोडा विचलित कर देती है वही आज मोहन और खुश था। उस ख़ुशी में उसने निशा से कहा- निशा आज मै बहुत खुश हुँ। पापा ने मुझे डांटा। अर्सो बाद ऐसा

लगा के किसी ने मुझपर अपना हक़ जताया है। मेरे लिए परेशान हुआ है। निशा को भी ये सोच कर बहुत अच्छा लग रहा था के कोई है जो उनकी फ़िक्र करता है, उनके लिए चिंता करता है।

तक़रीबन एक हफ्ता बीत गया। मंगलवार की सुबह थी। मोहन बहुत बुझे हुए मन से ऑफिस के लिए तैयार हो रहा था। आज निशा की तबियत थोड़ी ढीली थी। इस वजह से वो भी ऑफिस नहीं जाना चाहता था। उसके अंदर एक अजीब सा डर बैठ गया था। ऐसा डर जो कह रहा था के आज कुछ बुरा होने वाला है। सबने उसे बहुत समझाया के उसका डर वाजिब नहीं है। रही बात निशा की, तो वो दोनों आज उसका पूरा ख्याल रखेंगे। मोहन को सांत्वना तो मिला लेकिन कही न कही वो अब भी बहुत डरा हुआ था और नहीं जानता था के आज वाकई में कुछ होने वाला था। दोपहर में जब सभी खाना खा कर आराम कर रह थे तभी निशा का दिल अचार खाने को मचला। डॉक्टर ने उसे अचार खाने से मना किया था जिस वजह से मोहन और ललिता देवी ने मिल कर आचार की दो बड़ी-बड़ी बरनी सबसे ऊपर के कबोर्ड में रख दिया था। निशा ने सोचा के सभी सो रहे है और मोहन भी घर पर नहीं है, तो वो थोड़ा सा अचार चुपके से खा सकती है। वह रसोई में गयी, एक ऊंचा पीढ़ा लिया उसपर चढ़ कर अचार की बरनी उतरने की कोशिश करने लगी। इन सब में उसका पैर फिसला और वो नीचे गीर पड़ी और जोरों से चीखने लगी। शोर सुन कर जब सुरेश जी और ललिता देवी रसोई में आए तो देखा की निशा नीचे जमीन पर गिरी पड़ी है और उठने की हज़ार कोशिशों के बाद भी उठ नहीं पा रही है। उसे दर्द हो रहा था। ललिता देवी ने उसे सहारा दे कर उठाया और कमरे में ले गयी। सुरेश जी ने डॉक्टर को फोन लगाया और साथ-साथ मोहन को भी खबर की। डॉक्टर ने जांच के बाद सबको यकीन दिलाया के घबराने वाली कोई बात नहीं थी लेकिन आगे से ऐसा कभी न हो, इस बात का ख़ास ख्याल रखा जाना चाहिए। निशा थोड़ा कमज़ोर महसूस कर रही थी। डॉक्टर ने पर्ची पर दवाइयां लिखी और कुछ हिदायतों के साथ नींद का एक इंजेक्शन दिया।

मोहन अपनी पत्नी का ये हाल देख कर बौखला सा गया। ऐसा लगा के उसके अंदर सालों से कोई ज्वालामुखी पनप रही हो और उसका तमाम

लावा आज फूटेगा। उसने बहुत झल्ला कर सुरेश और ललिता देवी से कहा:

"बोला था न मैंने, के मै आज छुट्टी ले लेता हु। मुझे सुबह से लग रहा था के कुछ बुरा होगा। आप लोगो के होते हुए ऐसा कैसे हुआ। मुझे रुक जाना चाहिए था। भगवान् की दुआ से आज निशा को कुछ नहीं हुआ। शायद आप लोगो पर भरोसा ही नहीं करना चाहिए था। अगर आज उसे कुछ हो जाता तो शायद मै अपना बच्चा भी खो सकता था। अब मेरी समझ में आ रहा है। हम लोग आप की अपनी औलाद नहीं है न, हमारा खून का रिश्ता नहीं है न, वरना अगर आपकी अपनी औलाद होती तो आप ऐसा नहीं करतें। आप लोग अपने कमरे में जाइये, मैं निशा के साथ यहाँ रहूँगा। आप लोगो को चिंता करने की ज़रूरत नहीं"।

मोहन ने उन्हें कुछ बोलने का मौका ही न दिया। उसने अपना सारा गुस्सा और डर उनके ऊपर कुछ इस तरह उड़ेला जैसे चूल्हे पर रखी हुई कोई गरम पानी की हांड़ी उबाल मार कर नीचे गीर रही हो। मोहन का वो कड़वा लफ़्ज दोनों के दिल को ही नहीं बल्कि उनके रूह को भी छलनी कर गया था। उनके अपने बच्चों ने भी आज तक उनसे इस लहज़े में बात न किया था। दोनों के आत्म सम्मान को बहुत ठेस पंहुचा। वो मोहन के आगे कुछ भी न बोल पाए। दिन बीत गया। डॉक्टर की दी हुई दवाई ने निशा को अभी तक नींद की आगोश में रखा था। अगले दिन जब वो उठी तो उसे बेहतर महसूस हो रहा था। उसे बीते हुए की घटना का कुछ पता नहीं था। उसने सोचा के रसोई में जा कर वो सबके लिए चाय बना दे और फिर नाश्ते की तैयारी करेगी। जब वह सुरेश और ललिता देवी के कमरे चाय देने गयी तो उन दोनों को वहां नहीं पाया। उसने उन्हें पुरे घर में ढूँढा। वो कही न दिखे। चाय ले कर वो अपने कमरे में गयी, जहाँ मोहन दुनिया से बेखबर हो कर सो रहा था। उसने उसे जगाया और कहा- “माँ और पिताजी पुरे घर में नहीं दिख रहे। कहा चले गए सुबह-सुबह”? मोहन ने थोड़े बुझे हुए मन से उसे कल की सारी बातें बताई। वो सब सुन कर वह तुरंत समझ गयी के वो लोग घर छोड़ कर चले गए है। निशा ने भी मोहन को बताया के कैसे उन लोगों ने उस दिन उसका ख्याल रखा था जब तक के वो ऑफिस से नहीं आया। वो एक पल के लिए भी बिस्तर के

सामने से न हिले थे। उसने कहा के मोहन के ऑफिस से लौटने तक तो वो काफी ठीक हो चुकी थी। मोहन को ये सब कुछ सुन कर अपराध बोध महसूस हो रहा था। वह शर्मिंदा हो कर रोने लगा। उसके मन में भी बुरे ख्याल आने लगे।

यहाँ सुरेश और ललिता देवी ने घर तो छोड़ दिया था, लेकिन रहने का कोई ठिकाना न था। महज़ वो एक पार्क में अपने सामन के साथ बैठे थे और अपनी ज़िंदगी के उतार चढ़ाओ के बारे में बातें कर रहे थे। वो मन ही मन रिश्तों के एक असीम बवंडर से निकलने की जद्दो-जहद में थे। उन्हें यकीन नहीं हो रहा था के जो रिश्ते उन्होंने खून से सीचे थे उसमे मजबूती थी या एक अजनबी जोड़े के साथ बनाया हुआ प्रेम और विश्वास का रिश्ता जिसने उन्हें फिर से अकेला कर गया था। रिश्तों का ये भँवर अब उन्हें तोड़ चूका था। उन्हें दोनों तरफ से हार महसूस हो रही थी। ऐसा पहली बार होता के रिश्तों के इस तराज़ू में कोई भी पलरा भारी नहीं था। ललिता देवी उनकी धरम पत्नी थी, उनकी ज़िम्मेदारी। पार्क में बैठे वह सोच रही थी के भले ही उनके पति बहुत मज़बूत दिल के हो लेकिन मेरी चिंता तो उन्हें सताती ही होगी। वो भले ही अपना दुख ज़बान पर न लाए मगर सच्चाई यह थी के आज वो फिर बेसहारा हो गए थे। निराशा ने उन्हें चारों तरफ़ से घेर लिया था। पार्क के एक कोने में बैठ कर दोनों अपने सामने ढलते हुए सूरज को मन में कई उम्मीद ले कर देख रहे थे। वो किसी चमत्कार की कामना कर रहे थे।

शाम हो चुकी थी। मोहन और निशा के बहुत मशक्कत और ढूढ़ने के बाद वो दोनों उस पार्क तक पहुंचे। वो उन्हें मना कर घर वापिस लेने आए थे। जब ललिता देवी ने निशा को देखा तो फ़ौरन बोली "बेटा इस हाल में इतना चलना फिरना ठीक नहीं है"। निशा को देख कर उनके अंदर की ममता जाग गयी थी। मोहन को समझ में नहीं आ रहा था के वो उनसे कैसे माफ़ी माँगे। चारों की आखें ग़मगीन थी। जहां एक जोड़े ने अपने माता-पिता का प्यार नहीं देखा था, तो दूसरा जोड़ा अपने ही बच्चों द्वारा ठुकराए हुए था। अब चारों एक दूसरे का सहारा थे।

मोहन ने बहुत मिन्नतें की, माफ़ी माँगा और फूट-फूट कर रोने लगा। बहुत मुश्किल से उसके रिश्तों का पिटारा भरा था। अब वो उसे खाली नहीं देखना चाहता था। रिश्तों का मोल आज उसे अच्छे से समझ में आ गया था। निशा ने भी बहुत मिन्नतें की और मोहन की तरफ से माफ़ी माँगा। चारों रो पड़े और एक दूसरे को ज्यादा कुछ न कह पाए। मोहन ने माफ़ी मांगते हुए कहा के जिस हक से उन लोगों ने उस शाम उन्हें देर से

आने के लिए डाटा था, उसी हक से वो वापिस अपने घर चलें।

सभी की आँखें नम थी। नम आँखों से साफ़ झलक रहा था के इन चारों का रिश्ता अब कभी न टूटने वाले ऐसे धागे से बंध गया है जिसकी गाठें अब आसानी से नहीं खुलेंगी। जिस तरह मुंबई में समंदर के पीछे ढ़लता लाल सूरज का दृश्य मनमोहक होता है उसी प्रकार अब इनके भी दुखों का सुरज ढल गया था। सभी घर वापिस आ गए और एक नए सिरे से अपनी ज़िंदगी शुरू करने का फैसला किया, जिसमे न कोई ग़लतफ़हमी होगी और न ही कभी कोई दरार की कोई जगह होगी। हर पल खुशनुमा होगा। रिश्तों का आईना जो कुछ पलो के लिए स्वार्थ, घबराहट और डर के धूल के धुंधला हो गया था, अब वह बिलकुल की साफ़ हो चूका था। मोहन ने हर वो फ़र्ज़ निभाया जो एक बेटे और जीवनसाथी का होता है। उसी तरह निशा ने भी पत्नी और बहु का हर कर्तव्य निभाया। सुरेश और ललिता देवी ने भी उनको अपने सगे बच्चों से भी बढ़ कर प्यार देते।

एक रात सबने खाना खाया और हर रोज़ की तरह सोने चले गए। मोहन गहरी नींद में सो चूका था। तक़रीबन रात के ११:३० बज रहे थे। रमज़ान का पाक महीना अब दस्तक देने वाला था। निशा को नींद नहीं आ रही थी। वह थोड़ी देर हवा खाने के लिए वह बालकनी में लगे एक प्लास्टिक की कुर्सी पर बैठी और आसमान की ओर देखने लगी। आसमान में चाँद खिला हुआ था। उसके आस पास छोटे-छोटे तारे टिमटिमा रहे थे। ऐसा लग रहा था के भगवान ने उन तारों को अपने हाथों में ले कर मोती के तरह सारे आसमान में बिखेर दिया हो। रात के इस सुन्दर दृश्य को देख कर वह अपने ज़िंदगी के कुछ लम्हो को याद करने लगी।

उसे याद आ रहा था के किस तरह सुनीता देवी ने उसे एक माँ का प्यार दिया और एक कभी न टुटने एक वाली कड़ी बन गयी। किस तरह भगवान ने उसे मोहन से मिलाया और उसकी पत्नी बन कर उसकी जिंदगी को पुरा किया। उसने उस दिन को याद किया जब दोनों ने सुरेश और ललिता देवी को माँ- बाप के रिश्ते में ढाल कर घर लाए थे। उसका बच्चा भी आने वाला था। यह सोच कर उसे बहुत ख़ुशी हो रही थी।

चाँद की रौशनी अब अपने पुरे शबाब पर थी। उस रौशनी को देख कर उसकी ख़ुशी भी परवान चढ़ रही थी। उसने अपने इस जीवन में अनाथ हो कर इतने रिश्तें कमा लिए थे। एक पल के लिए वो रिश्तों के उलझन में फ़स गयी। मन में कुछ सवाल उठे। क्या सिर्फ खून के गहरे लाल रंग ही रिश्तों का सिद्धांत होता है या फिर इसकी की नीव संस्कार नैतिकता, साफ़ दिल, सच्चाई, सहारा और प्यार की भावनाओं से भी खड़ा किया जा सकता है? उसने जब दोनों को तौला तो पाया की दूसरा पलरा ज्यादा भारी था। आज उसे एहसास हो गया था के खून के रिश्तों से बढ़ कर होता है दिलों का रिश्ता जो सच्चाई और नैतिकता से निखारा जाता है। मन में चल रहे उलझन का जवाब उसे मिल गया था।

चाँद की रौशनी कमरे में आ रही थी। उसने उस रौशनी में अपने पति मोहन का चेहरा देखा जो बेखबर हो कर सो रहा था। उसे देख कर उसे अपने सारे बनते रिश्तों की एक झलक उसके आँखो से सामने से गुज़री। मोहन के सोते हुए चेहरे को देख कर उसे उसका जवाब मिल गया। वह बालकनी से उठी, दवाज़ा लगाया, और टेबल पर रखे ताम्बे के गिलास से पानी पिया और सोने चली गयी। आज की नींद भी कुछ ख़ास थी। इस नींद में बनते बिगड़ते वक़्त के बदलते रिश्तों की मिठास थी।

3

यादों के झरोखें

हम सभी ने कभी न कभी, किसी न किसी किताब से या किसी बुज़ुर्ग़ के तालीम से यह ज़रूर सुना होगा के हर आदमी की ज़िंदगी में यादों का कितना ज्यादा महत्व होता है। कई लोग इन्ही यादों के सहारे पूरी ज़िंदगी बिता देते हैं तो कुछ लोगों की यादें इतनी दुखद होती है के वो उन्हें कभी अपने ज़हन में जगह नहीं देना चाहते। अगर हम अपनी ज़िंदगी के कुछ बीते सालों को एक टेप रिकॉर्डर की तरह रिवाइंड करके देखे, तो बचपन से लेकर आज तक हमने अपने ज़हन में कितनी खट्टी-मीठी यादों को पनाह दे रखीं हैं। चाहे अलमारी में पड़ीं कोई पुरानी फोटोफ्रेम हो या बचपन का कोई खिलौना, किसी के तोहफे में दिया गया कोई छोटा सा रुमाल हो या कभी साफ़ सफाई के दौरान मिली हुई कोई पुरानी चिट्ठी, इन सब को पाकर हम कुछ देर के लिए एक अलग ही दुनिया में खो जाते हैं। उस समय कुछ पलों के लिए हमारा वर्तमान ठहर जाता है। दिमाग पीछे की तरफ उन यादों से रूबरू हो जाती है जिसने हमें आज मुस्कुराने की वजह दी है। सच ही कहा है किसी ने की यादों का पिटारा उस मिठाई के डब्बे की तरह होता है जिसे अगर खोला जाए तो एक खाए बिना न रहा जाएगा। उन बीती यादों और वो गुज़रे हुए सुहाने पल हमारे आँखों के सामने इस कदर आकर ख़ड़े हो जाते है जैसे की कभी गए ही नहीं थे।

यादों के इन्ही पिटारों से आज बत्तीस वर्षीय अरुण भी मुख़ातिब हो रहा था। अरुण एक मध्यम वर्ग के परिवार का लड़का था और दिल्ली

में बतौर सॉफ्टवेयर इंजीनियर के पोस्ट पर एक मल्टीनेशनल कंपनी में कार्यरत था। अपनी सुडौल शरीर, हलकी भूरी आँखें और ब्लेड जितनी पतली दाढ़ी की काली सी परत, जो उसके कानों के बगल से शुरू हो कर गर्दन पर ख़तम होती थी, उसपर खूब जचतीं थी। किसी दिन अगर वो अपनी बाज़ुओं पर रखा हुआ वो कॉटन की शर्ट का आस्तीन ऊपर चढ़ा कर ऑफिस आता, तो कुछ लड़कियां तो उसे एक नज़र देखती और मुस्कुराती। लड़कियों ने तो उसका नाम इंजीनियर बाबू रख दिया था। नौकरी के पहले दिन से ही उसने लड़कियों पर मानो कोई जादू कर दिया हो। अरुण भी इस बात से भली-भांति परिचित था लेकिन उसने किसी को भाव तक न दिया। वो लडकियां उसे बात करने के बहाने ढूँढती और कभी उससे अजीबो गरीब सवाल पूछती, मसलन "तुम्हारी कितनी गर्लफ्रेंड हैं"? क्या तुम किसी के साथ रिश्ते में बंधे हुए हो? कही कोई लिवइन तो नहीं हैं? अच्छा ये बताओं के तुम्हे कैसी लड़की चाहिए?" वगैरा-वगैरा। अरुण भी इन सवालों को हस कर टाल देता।

लड़कियों के मामले में पत्थर दिल जैसा जिगर रखने वाला अरुण का दिल मोम की तरह तब पिघला, जब उसकी नज़रों का सामना ऑफिस में काम करने वाली शाज़िया से जा टकराई। वह बतौर एक वेब डिज़ाइनर वहां काम करने पहुंची थी। नीली आखें, सीधा-सादा सलवार कमीज का पहनावा, खुले बाल और हाथो में फाइल लिए जब वो ऑफिस के अंदर आती, तो अरुण का दिल उसकी सादगी पर मर मिटता था। यदी उन लड़कियों की जमात में से कोई उसे पसंद था तो वह शाज़िया ही थी। शाज़िया ने भी ये महसूस कर लिया था और कही न कही उसका दिल भी अरुण के लिए धड़कने लगा था। वो भी मन ही मन अरुण को बहुत पसंद करती थी क्योकि वो उन लफंगो और मवालियों के जैसा नहीं था जो लड़कियों की इज़्ज़त न करतें, उनपर ताने कसते और उन्हें छेड़ते। उसका मन तो पाक साफ़ था। दोनों का प्यार परवान चढ़ने लगा। ऑफिस की छोटी-छोटी गुफ्तगू, साथ-साथ खाना, चाय-कॉफ़ी पीना, यह सब प्यार में कब तब्दील हो गया, दोनों को पता न चला।

फरवरी का महिना था। यु तो दिल्ली की सर्दी मशहूर है मगर इस साल कुदरत ने थोड़ी रहम दिखाई थी। सर्द हवाओं ने दिल्ली को जकड़

तो लिया लेकिन थाम नहीं पाया। स्कूल के बच्चों को राहत ज़रूर मिली थी लेकिन कॉलेज और ऑफिस जाने वालो की जिंदगी की पटरी रोजाना के रफ़्तार से दौड़ रही थी। एक रोज़ जब कंपनी के सभी कर्मचारियों को बॉस ने खुशखबरी दी के वो सभी को आगरा की एक छोटी सी ट्रिप पर ले जा रहे है, तो सभी के ख़ुशी का ठिकाना न रहा। यह ट्रिप अरुण और शाज़िया के लिए भी ख़ास था। सभी शनिवार को आई.अस.बी.टी. बस स्टैंड पर मिले।

रोज़ की तरह कसे हुए शर्ट, पतलून और सूट में दिखने वाले आज पतली सी शर्ट, रंगीन कमीज और पतले स्वेटर में एक छोटा सा बैग लिए काफी हल्का महसूस कर रहे थे। एक अरसे के बाद सब एक साथ बिना किसी ऑफिस की चिंता और घर के चिल्लपों से दूर कुछ समय बीताने जा रहे थे। इधर लडकियाँ एक ग्रुप में एक तरफ खड़ी हो कर एक दूसरे से बातें कर रहीं थी, तो वही दूसरी तरफ लड़कों का पुरा झुंड एक साथ ज़ोर-ज़ोर से हसीं मज़ाक और ठहाके लगा रहा था। इतनी भीड़ में दो कम्बख्त

दिल ऐसे भी थे जो एक दूसरे के लिए धड़क रहे थे और एक दूसरे से नज़रें नहीं हटा पा रहे थे। जब एक लम्बा सफर तय कर के सभी आगरा पहुंचे तो सबसे पहले ताज महल का दिदार हुआ। आज ताजमहल को बहुत ही भव्य तरीके से सजाया गया था। शाम को ताज महोत्सव का पर्व था। तरह तरह के व्यंजन, नाच-गाना, हास्य कवी सम्मलेन और भी अन्य प्रकार के रंगारंग कार्यक्रम का आयोजन हुआ था। भारत के अलग-अलग जगहों से और यहाँ तक के विदेश से भी कई लोग इस महोत्सव का लुत्फ़ उठाने आए थे। रात की जगमगाहट में उत्सव की शुरुआत हुई। सबसे पहले कवियों ने अपने हास्य कवी से समां बांधा, फिर बच्चों ने अपने डांस से सबको खुश किया। हिंदी फिल्म की जगत से आए कई मशहूर गीतकारों ने अपने सुरीली आवाज़ से लोगो का मन मोह लिया। अब बारी थी अंग्रेजी और हिंदी गानों की जुगलबंदी पर युवाओं के पैरो की थिरकने की। बत्तियां बुझा दी गयी, गानों का सिलसिला चालू हुआ और चंद लम्हों के इंतज़ार के बाद सभी के पैर फ्लोर पर थिरकने से न रुक पाये। कुछ लोग वहा पेश किए जाने वाले अलग-अलग ड्रिंक्स का मज़ा भी ले रहे थे। जब सभी लोग वहां एक दूसरे के साथ प्रोग्राम में व्यस्त हो गए, तो अरुण ने शाज़िया को इशारे से बाहर बुलाया। वो दोनों पार्टी से बाहर सुनहरे, चमकते हुए ताजमहल के एक कोने में जा पहुचें जहा शोर-शराबा बहुत कम था। शायद आज दो दिल मिलने वाले थे। अरुण ने योजना के मुताबिक शाज़िया को अपना हालें दिल बयां कर दिया। बहुत ही आशिकाना अंदाज़ में वो अपने घुटनों पर आया और शाज़िया का हाथ पकड़ कर उससे उसकी इच्छा पूछी। शाज़िया शर्म के मारे कुछ भी न बोल पाई। उसकी शर्म और मुस्कराहट ने जोर-जोर से सब कुछ बयां कर दिया था। वो भी खुश थी के आज उसे उसका चाहने वाला मिल गया था।

वो पूर्णिमा की चाँदनी रात थी। चारों तरफ चाँद की रौशनी से सराबोर इस रात ने ताजमहल की सुंदरता को भी अपने पुरे शबाब पर पंहुचा दिया था। ऐसा प्रतीत हो रहा था जैसे जैसे चारों तरफ चमकती सफ़ेद चादर बीछ गयी हो। इन दोनों धड़कते दिलों ने एक दूसरे को अपने प्रेम का इज़हार इस चमकती ठंडी रौशनी में कर दिया था, पर कोई था जो इन्हें देख रहा था। अरुण के कुछ दोस्तों ने ये सारा नज़ारा चुपके से देख लिया था और थोड़ी देर बाद कुछ अजीब सी चिढ़ाने वाली आवाज़ के साथ उन दोनों को अपने प्रेम की दुनिया, जिसमे उनका दिलों दिमाग खो चूका था, से वास्तविकता में ले कर आये। दोनों शर्मा गए, रंगे हाथों जो पकड़े गए थे। दोस्तों ने इस प्यार की कहानी को देख उन्हें खुब चिढ़ाया। दोनों के शर्माने का ठिकाना न था। थोड़ी देर बाद अरुण को उसके दोस्तों ने उसे वापिस पार्टी की तरफ ले गये, तो वही शाज़िया को कुछ लडकियाँ चिढ़ाते हुए उसे पास के टेबल पर ले गयी जहाँ पहले से तरह-तरह के पकवान और ड्रिंक्स सजाये हुए थे। बात शादी तक पहुंची तो अरुण के घर वालो

ने ख़ुशी-ख़ुशी दोनों को अपना लिया पर शाज़िया के अम्मी अब्बू थोड़ा नाराज़ लग रहे थे। लेकिन जब उन्होंने अरुण का शाज़िया के प्रति उसका प्रेम और साफ़ मन देखा, तो उनके मन से भी सारा संदेह दुर हो गया। दोनों ने शादी कर ली और आज शादी के तीन साल बीत चुके थे।

यादों के इन झरोखों से आज अरुण तब मुखातिब हुआ जब उसे उसके अलमारी में पड़ी कुछ दस्तावेजों की ज़रूरत पड़ी। उसका लाल गोदरेज का अलमारी मानो उसकी यादों का ख़ज़ाना था। उसमे वो तमाम चीज़ें थी जो उसने बचपन से अपनी याद के बतौर जमा कर रखा था। जैसे कुछ खिलौने, फाइल्स, तोहफे और कुछ ज़रूरी कागज़ात। उसकी शादी की तस्वीर भी उसी अलमारी के निचले हिस्से में पड़ी थी। जब उसने उसे खोल कर देखा तो यादों का सैलाब उसकी आँखों के सामने से कुछ इस तरह गुजरा जैसे समुन्द्र की लहरें उभर कर तट से टकराई हो। ऑफिस के कुछ ज़रूरी कागज़ ढूंढते-ढूंढते, जो उसे मिल गए थे, उसकी नज़र एक पीले लिफाफे पर पड़ी जिसमे उसके कॉलेज की कुछ तस्वीरें रखी हुई थी। उसने उस लिफ़ाफा को निकला और बड़ी ही शिद्दत से उसे धीमी सी मुस्कराहट के साथ गौर से देखने लगा। उसमे कई तस्वीरें थी, जैसे कॉलेज में दूसरी साल की पार्टी की फोटो जब वो और उसके दोस्तों ने खूब मौज मस्ती की थी। कुछ तस्वीरें पलटने के बाद उसकी नज़र उन तस्वीरों पर गयी जब सभी कॉलेज के छात्र गोवा ट्रिप पर एक क्रूज मे बियर पीते हुए और वहा मौजुद अंग्रेजों के साथ नाच रहे थे।

सच ही कहते है, यादों का कारवां जब एक बार मन की गलियों से गुज़रता है तो एक बेलगाम घोड़े की तरह दौड़ता है। अभी-अभी उसकी शादी का पूरा मंज़र तस्वीरों के ज़रिये उसकी आँखों के सामने से गुज़रा था और फिर उसके हाथ कॉलेज के बीते पलों की तस्वीरें हाथ लग गयी। ऐसा लगा के कुछ पलों के लिए वर्तमान समय रुक गया हो। किसी ने वक़्त को रोक दिया हो और पहिये पीछे की तरफ घुमा दिए। वो तस्वीरें अरुण को वापस कुछ साल और पीछे ले गयी और ये वो वक़्त था जब कॉलेज की मौज मस्ती और दोस्तों का याराना से बढ़कर जिंदगी में और कुछ नहीं भाता था। वह उन दिनों को कैसे भूल सकता था जब एक बार उसे कॉलेज जाने का बिलकुल मन नहीं था और वो घर पर रुक कर

टेलीविज़न के कुछ कार्यक्रमों का मज़ा लेना चाहता था। तभी उसके हेड ऑफ़ डिपार्टमेंट ने उसे फोन किया और उसे फ़ौरन आने को कहा। कॉलेज पहुंचते ही उसे पता चला के २ हफ्ते के बाद वार्षिक उत्सव था जिसमे उसे बेस्ट स्टूडेंट का अवॉर्ड से नवाज़ा जाने वाला था। पहले तो उसे कॉलेज न आने के लिए थोड़ी डांट पड़ी, पर अगले ही मिनट हेड ऑफ़ डिपार्टमेंट ने उसे इस उपाधी के लिए बहुत मुबारकबाद दिया। तभी उसके कुछ दोस्त जो कैंटीन से चाय-कॉफ़ी की चुस्कियां ले कर आ रहे थे, उन्होंने उसे नोटिस बोर्ड पर उसका नाम और फोटो दिखाया जिसे देख कर उसने अपने घर पर तुरंत फोन घुमाया और सबको ये खुशखबरी बताई। अरुण ने ये उपाधी लगातार दो सालों तक अपनी झोली में डाली थी। उसकी आँखों के सामने वो आखरी साल का आखरी सेमेस्टर भी आया जब सभी के मन में एक दूसरे से जुदा होने का गम साफ़ झलक रहा था। तीन साल जिनके साथ सबने अपने घर से भी ज्यादा वक़्त एक साथ बिताया था; अब कुछ ही महीनों बाद एक दूसरे से अलग होने वाले थे। सभी ने एक दूसरे से जुड़े रहने के वादें तो किए, पर किसी को कुछ पता न था के आने वाले सालों में कौन कहा होगा और कब तक जुड़ा रहेगा।

अरुण के कॉलेज के यादों का पिटारा अभी खत्म कहा हुआ था। एक के बाद एक यादें उन तस्वीरों द्वारा उसकी दिलों-दिमाग पर घर कर गए थे। तस्वीरों की परतें हटती गयी, और उसके हाथ वो दो मेडल लगा जो उसे वार्षिक महोत्सव में मिला था। अरुण वो दिन कभी नहीं भूल सकता था जब वह पहली दफा बेंगलुरु जैसे बड़े शहर में अपने घर से उन्नीस किलोमीटर दूर तक का सफर तय कर के हर रोज़ कॉलेज जाता था।

जब वो उस बड़ी आलीशान गेट से अंदर आता तो नज़ारा ही कुछ और होता। जहां बाई ओर गुलाब,गेंदा और कुछ टुलिप जैसे मनमोहक फ़ुलों के क्यारियां थी, वही दाई तरफ बड़े-बड़े नारियल के पेड़ो के बीचों-बीच कृत्रिम सजावट वाले पौधों और घांस से बना बड़ा सा बगीचा था। गेट से तक़रीबन १० मिनट की दूरी तय कर जो नज़ारा सामने आता था वो किसी स्वर्ग से कम न था। न जाने कितनी एक्कड़ो में वो कॉलेज अपने आप को समाए हुए था। एक ही कंपाउंड में तीन भव्य १० मंज़िलो की इमारतें थी जिसके बीचों-बीच एक बड़ा सा स्टेडियम था जिसमे दुनिया भर के खेलों का आयोजन होता था। स्टूडेंट्स अपनी क्रिकेट, फुटबॉल, शॉर्टपुट और न जाने कितनी खेलों की किट लातें और वही अभ्यास करते थे। स्टेडियम के चारों ओर से तीनो इमारतों में जाने का रास्ता था। उन

रास्तो पर चबूतरें थे जिसपर छात्र बैठ कर पढाई करते, या फिर अपने क्लास छोड़ कर वही मौज मस्ती करते। लंच के वक़्त नज़ारा देखने लायक होता था। चारो तरफ स्टूडेंट्स दिखते जो खाना खाने कैंटीन में आते। तीनों कॉलेज का एक ही कैंटीन था। आलम ये हो गया था की वो कैंटीन कभी खाली न दिखता। सुबह हो या शाम, वहा किसी न किसी ब्रांच के छात्रों की भीड़ देखी जा सकती थी। कैंटीन की उन संगेमरमर के टेबल और सीट्स पर न जाने कितने लड़कों ने लड़कियों को दिल दिया था और कई सारे ग्रुप्स ने अपने दोस्तों का जन्मदिन मनाया था। जब भी किसी को भुख सताती, तो वह मात्र १२ रुपए में एक मसाला डोसा खाते दिखता था। जब हर दोपहर भुख अपने चरम सीमा पर होती थी, तब एक दक्षिण भारतीय थाली जिसमे चावल, पूरियां, सुखी सब्जी, छाछ, सांभर, रसम, पापड़ और अचार होता था, सबके भूख का ख्याल रख लेता। कभी-कभी भीड़ इतनी बढ़ जाती के टोकन मिलना मुश्किल हो जाता था और सभी को बहार जा कर कुछ खाना पड़ता था। इस कैंटीन की बात ही कुछ निराली थी। तरह तरह के व्यंजन यहाँ बहुत सस्ते दामों पर मिलते थे। कोल्ड ड्रिंक्स, मिल्कशेक, डब्बाबंद जूस, चाय, कॉफ़ी सब कुछ का भरमार था। यहाँ एक बिल्ली भी आती थी जिसने इस कैंटीन को अपना सराए ही बना लिया था। अरुण और उसके कुछ दोस्तों का कैंटीन के मालिक से काफी अच्छे रिश्तें बना लिए थे। महज़ जब भी वो जाते तो उन्हें स्पेशल खाना मिलता जिसे वो खूब मज़े से खातें और अगली क्लास में लेक्चर सुनने की बारी आती तो आखें इतनी बोझिल हो जाती जैसे मानो किसी ने अफीम की गोली दे दी हो।

सभी छात्रों को कॉलेज के प्रिंसिपल से बहुत डर लगता था। वो स्वभाव से थोड़े कड़क थे। लेकिन एक सख्श ऐसा था जो दिल से अपने स्टूडेंट्स को बहुत प्यार करता था और उन्हें हर वक़्त छात्रों के हीत में साथ देता। वह थे हेड ऑफ़ डिपार्टमेंट मिस्टर सी। कंडास्वामी। हाइट में थोड़े छोटे और अन्य तामील वासियो की तरह थोड़े साँवले। जब वो कॉलेज आते तो हर छात्र उनको गुड मॉर्निंग या गुड डे सर बोल कर विश करता। सभी उनकी बहुत इज़्ज़त करते थे। इसलिए नहीं की वो बहुत सख्त मिज़ाज़ के थे, वो तो उनके खून में ही न था, बल्कि इसलिए

क्योकि वो हर बच्चों को अपने पुत्र के सामान मानते थे। उन्हें हर विषय का ज्ञान था। कुछ स्टूडेंट्स ने तो उनका नाम ही "चलता फिरता इनसाइक्लोपीडिया" रख दिया था। वह अपनी ज़िम्मेदारी बखूबी निभाते थे। उनके जैसा पुरे कॉलेज में कोई न था।

ये कॉलेज भी उन्ही जगहों में से था जहां अरुण ने दोस्ती का पाठ सही मायने में पढ़ा और तब अनुभव किया जब कठिन समय में उसकी मुलाकात विक्रम से हुई। इस दोस्ती ने मानों पुरे कॉलेज में मिसाल कायम कर दी हो। कुछ लोग ऐसे भी थे जिन्हें इस दोस्ती से जलन होती थी। इनकी दोस्ती का गवाह बेंगलुरु के डेरी सर्किल नामक इलाके में एक भव्य मॉल के फ़ूड कोर्ट की एक दुंकन का मालिक भी था, जिसके यहाँ ये दोनों हर शनिवार क्लास खत्म करके पार्टी करने जाते।

इन सुनहरे यादों के झरोखों से अरुण तब बहार निकला जब उस बड़ी सी अलमारी के बगल में रखा हुआ कूलर आचानक बंद हो गया और हवा से उसपर रखे कुछ कलम ज़मीन पर गिर गए। उसने अपना यादों का पिटारा अलमारी के अन्दर रखा और जैसे ही मुडं कर खिड़की के बाहर देखा तो काले बादलों ने आसमान को चारों तरफ से घेर लिया था। आज दिल्ली के मौसम ने भी अपना मिजाज़ बदला था। भारी बारिश शुरू हुई। वो अपने बालकनी में बैठ कर उस मौसम का मज़ा ले रहा था। शीशम और आशोक के पेड़, जो उसके कंपाउंड में लगे हुए थे, उनके एक-एक पत्तों से वो बारिश का पानी रिस कर गिर रहा था। उसके बालकनी से मेट्रो रेल भी दिखता था जो बारिश के वजह से थोड़ी देर के लिए पस्त हो गया था। वह मौसम अपना सुहाना रंग बिखेर रहा था, लेकिन यादों का पिटारा अभी सिर्फ अलमारी में बंद था, मन में नहीं।

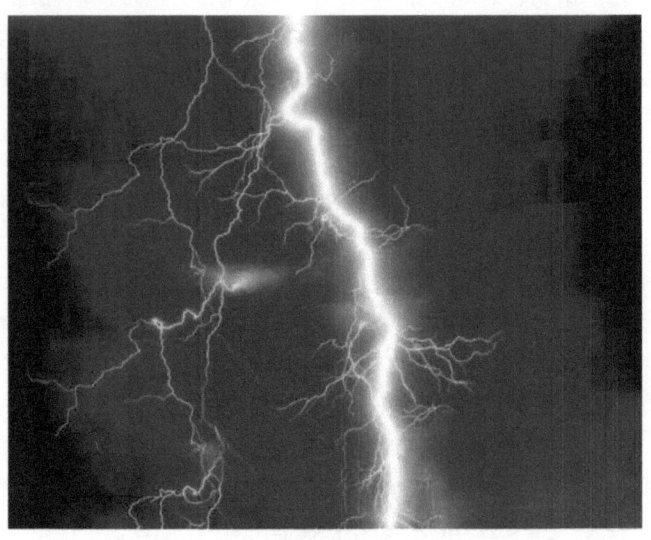

उस तेज़ बारिश को देख कर उसे फिर वो दिन याद आया जब सारे छात्रों को उनकी डिग्री से नवाज़ने के लिए एक साल के बाद बुलाया गया था। ये भी एक महोत्सव से कम न था। सभी को उनकी डिग्रियां दी गयी। कॉलेज खत्म होने के एक साल बाद इसका आयोजन किया गया था। सभी दोस्त एक बार फिर मिले और अपने पुराने दिनों को याद कर रहे थे। बड़ा सा मंच, नाच-गाना, तरह-तरह के व्यंजन और ढेर सारी पुरानी यादों ने उस दिन एक अलग ही समा बांधा था, कुछ ऐसा जिसे कोई भी छात्र कभी नहीं भुल पाए। भुले भी तो कैसे? ये यादें अनमोल होते है; हमेशा के लिए जहन में बस जाती है। ये वो पल होते है जिन्हें लाख जतन कर लो पर आप उसे दुबारा नहीं जी सकते। ये ऐसी मीठी यादें बन कर रह जाती है मानों जैसे के कोई आईना हो जिसपर समय के साथ-साथ थोड़ी सी धुल तो बैठ जाती हैं, लेकिन ज़रा सी सफाई उसे फिर से हीरे की तरह चमका देती है।

कुछ देर बाद कुदरत ने बारिश के घोड़ो पर अपनी लगाम लगाई। आसमान पूरी तरफ से साफ न हुआ था। शायद शाम को फिर से इन बादलों को ठीक वैसे ही बरसना था जिस तरह आज अरुण के दिलों-दिमाग पर यादों की मुसलाधार बारिश हुई थी। उसे थोड़ी भूख लगी। अरुण ने शाज़िया को आवाज़ लगाई। जब दूसरी बार भी कोई जवाब न आया तो उसे याद आया की सात दिनों के बाद रमज़ान का महिना शुरू होने वाला था और शाज़िया अपने अम्मी-अब्बू के घर एक महीने के लिए रुक्सत हुई थी। किसी तरह से फ्रिज में रखा हुआ ब्रेड और एक जूस के डब्बे ने उसकी भूख शांत की।

खुशियों के साथ-साथ अब उसके मन में थोडा असमंजस भी था। आज ये सारी यादें शायद कुछ मकसद ले कर आई थी। जब वो शाम की चाय पी रहा था और अपने लैपटॉप में कुछ फिल्मों का लुत्फ़ उठाने का सोचा तो उसकी नज़र फिर अपने बालकनी पर गयी। मौसम और भी खुशगवार हो गया था। वह फिर से उस कुर्सी पर बैठा और सोच में पड़ गया के क्यों आज ही इतनी सारी यादों ने उसके दिमाग को दस्तक दी थी? क्या आज कुछ खास था या फिर ये सब उसके दिमाग का फितूर था। बीते वक़्त की सुनहरी यादें आज दिमाग पर कुछ इस कदर हावी थी के वो इन पलों को फिर से जीने चाहता था। तभी बैठे-बैठे उसके दिमाग में एक योजना ने दस्तक दी। ऑफिस की १० दिनों की छुट्टी थी जो उसने गोवा घुमने के लिए लिया था। उसने एक पल को सोचा के शाज़िया के बिना तो वह गोवा जा नहीं सकता क्योंकी वो तो अपने मायके में नियमित रूप से रोज़ा पर होगी, तो क्यों न वो उन्ही यादों को एक बार फिर से जीने बेंगलुरु की ओर रुख करे? क्यों न उन यादों को फिर से जिंदा करे जो कही न कही नौकरी और ज़िम्मेदारी के बोझ तले दम तोड़ रहे थे? वो उन पलों को फिर से जीना चाहता था जो आज सिर्फ महज़ सोच कर उसे इतनी ख़ुशी मिल रही थी। उसने तुरंत अपने कंपनी के टिकट एजेंट को फ़ोन किया और अगले ही दिन की एक टिकट बेंगलुरु जाने वाली राजधानी ट्रेन में बुक करा कर शाज़िया को भी खबर कर दी। बेंगलुरु जाने वाली ट्रेन अगले दिन दोपहर के तीन बजे हज़रत निजामुद्दीन स्टेशन से खुलने वाली थी। वह इतना खुश था के वापसी की टिकट कराने के बारे में ज्यादा

ध्यान नहीं दिया। उसे तो बस वो कल का इंतज़ार था जब वो ट्रेन में होगा और हवा से बातें करती हुई राजधानी उसे कब बेंगलुरु स्टेशन पर रोकेगी।

जब सुबह हुई तो अरुण ने अपना सामान बांधा और नीचे लगे ऑटो में बैठ कर स्टेशन तक रवाना हुआ। रास्ते भर उसका मन खुशियों के हिचकोले खा रहा था। तकरीबन एक घंटे के बाद जब वो स्टेशन पंहुचा तो ट्रेन ५ नंबर प्लेटफार्म से रवाना होने के लिए पहले से तैयार खड़ी थी। वह अपनी बर्थ पर गया, सामन को करीने से बर्थ के नीचे रखकर खिड़की से बाहर का नज़ारा देख रहा था। कही लाल कपड़ो मे कोई कूली सर पर बोझ के साथ दिखता, तो किसी स्टाल पर लोग पानी की बोतलें, नमकीन और रंग बी रंगे बिस्कुट और केक के पैकेट खरीद रहे थे। जब ट्रेन के खुलने का समय हुआ तो उसके पास वाले बर्थ में एक आंटी और दो छात्र आ गये जो बेंगलुरु जाने वाले थे। वह आंटी अपने बेटे और बहु से मिलने जा रही थी और बाकी के दोनों छात्र चौथी सेमेस्टर की पढाई के लिए वापिस जा रहे थे, जो छुट्टियाँ बिताने अपने घर आए थे। ट्रेन अपने समय से रवाना हुई और आगे बढ़ने लगी लेकिन अरुण की यादें अब धीरे-धीरे फिर से पीछे की ओर गयी और तब रुकी जब ट्रेन के वेटर ने उसे उसके सीट पर चाय-नाश्ता दिया। राजधानी की गती तेज़ थी लेकिन उससे भी तेज़ था दिमाग में चलने वाले वो पीछे के पल जिसे वो सोच-सोच वह बहुत खुश था। उन पलों को दोहराने का ख्याल ही उसे इतना खुश कर रहा था के उसे बहार दिखने वाले रेल की पटरियां और उनके बगल में उगे आवारा सरकंडे भी उसे मनमोहक लग रहे थे।

वह उन यादों को दुहराने जा रहा था जिसे उसने जी लिया था। उसने महसूस किया के जिस साल उसका डिग्री वितरण समारोह हुआ था, वह कॉलेज में जादा समय न बिता पाया था। सारे दोस्तों और बड़ी सी पार्टी की चकाचौंध में उसकी यादें कही न कही धीमी पड़ गयी थी। ट्रेन हवा की गती से भागे जा रही थी और कई छोटे-छोटे स्टेशनों को अनदेखा कर सीधा पांच घंटे बाद एक स्टेशन पर रुकी। अभी तक रात हो चुकी थी। सभी यात्रियों को खाना परोसा जा रहा था, जिसके बाद वो बेसुध हो कर सोने वाले थे। वह मंज़र भी आया जब सब ने अपनी-अपनी बिस्तेरें बिछाई और सोने चले गये। कोई अपने फोन में मधुर गाने सुन रहा था तो कोई जाग कर किसी से फोन पर बातें कर ट्रेन का हाल-चाल सुनाने में व्यस्त था। अगले दिन सुबह वह दिल्ली की सीमा से कई दूर पहुँच चुका था।

जब वह फ्रेश हो कर बर्थ पर आया तो सामने चाय-नाश्ता था। सामने में बैठे उन दो छात्रो से उसने खूब सारी बातें भी की। उनसे उनके कॉलेज के बारे में पुछा और कई सारी यादें दोनों के साथ आपस में बांटी। आज उसकी ख़ुशी पुरे चरम सीमा पर थी। उसके मन में आया के अगर इन दोनों के साथ पुरानी यादें ताज़ा कर-कर जब इतना मज़ा रहा है, तो वो पल तो और भी मज़ेदार होगा जब वो अपने कॉलेज में होगा और उन एक-एक जगहों को देखकर उन सारे पल फिर से जीवित महसूस करेगा।

दोपहर भी ट्रेन में हसते, ताश खेलते और खाते-पीते बीत गया। अब तो बस रात का इंतज़ार था। आठ बजे ट्रेन बेंगलुरु स्टेशन पर रुक कर सांस लेने वाली थी। जब ट्रेन ने सभी यात्रियों को बेंगलुरु स्टेशन पर उतारा तो सभी यात्री थके-मांदे प्लेटफार्म के बहार अपनी टैक्सी का इंतज़ार कर रहे थे। इस शहर का भी जवाब न था। चारो तरफ हरियाली, बड़ी-बड़ी इमारतें, आई.टी कंपनियों के भव्य कार्यालय, मॉल, गार्डन, मेट्रो रेल, बड़े-बड़े इश्तेहार के बोर्ड जो आसमान की तरफ देखते थे, यहाँ

सब कुछ था। यहाँ जिंदगी एक छोटे शहर की तरह सिमट कर नहीं रहती। ऐसा लगता है मानो यहाँ चौबीसों घंटे ऐसी चेहल-पहल होती हो जो कभी शांत नहीं होती। छोटे शहरों में जहा रात के ९-१० बजे तक सभी सो कर गहरी नींद में डूब जाते है, तो यहाँ किसी सिगनल पर आपको गाडियों का तांता मिलेगा और देर रात तक जगमगाते हुए बाज़ार और कई सारी रेस्टोरेंट जिन्हें देख कर लगता है जैसे ये हमेशा अपने ग्राहकों का स्वागत करते हो। जहा एक तरफ बड़ी-बड़ी इमारतें आसमान को अपनी जगमगाहट से चिढ़ाती थी, वही एक तरफ छोटी-छोटी दुकानें जिसमे आपको तरह-तरह के व्यंजन जैसे इडली, डोसा, गरमा गरम मालाबार पराठें, सब्जी और थाली मील आपके स्वागत में हमेशा रहेगी। जहा एक तरफ माध्यम वर्ग के परिवार के लोगो के लिए यहाँ जीवन को गुज़र-बसर करना आसन है, वही कुछ रिहाइशी इलाके ऐसे भी है जहा दिन में तो चकाचौंध होती है, पर शाम होते ही मानों वहा असली दिन की शुरुआत हुई हो। जगह-जगह क्लब्स, बार, जिसमे सारे नौजवान रात भर पार्टी करते और सुबह अपने घर जाते। ये रंगीनियाँ, ऐसी नौबहार जिंदगी जीने वाले जिनके पास पैसो की कमी नहीं थी, वो इन इलाकों की शान होते थे। तरह-तरह की बजारें, मॉल में खरीदारी करते लोग, तो कही सिनेमा हॉल में घुसने की लम्बी कतारें, तो दूसरी तरफ बर्गर, पिज़्ज़ा, टाकोज़ जैसे विदेशी व्यंजनों के रेस्टोरेंट में अलग ही भीड़ होती। जब यहाँ के आईने से चमकते सड़क और फ्लाईओवर पर आप अपनी गाड़ी से रवाना होंगे, तो सड़कों पर बड़े इमारतों के अलावा आपको खुशबूदार फूलों की मालाओं का ठेला, उनसे सटे द्रविड़ियन इतिहास के मंदिर, पार्क, इडली-वडा, डोसा के ठेले, सिनेमा हॉल, कई दुकान दिखेंगे। इन सबको चलाने वाले वहां के मीठे लोग एक दुसरे की मदद करना अपना फ़र्ज़ समझते है।

यहाँ कन्नड़, तमिल, तेलगु, मलयालम और हिंदी, सभी तरह के मितभाषी मिलेंगे। कही बूढी सफ़ेद बालों वाली आंटी गजरें बेचती नज़र आयेंगी या किसी ठेले पर सस्ते दाम में सांभर चावल, बिरयानी, और इडली समेत कई व्यंजन आपको हर मोड़ पर दिखाई देगा। इस शहर की तीन बड़ी ख़ास बातें हैं, पहला तो यहाँ के लोग जो यहाँ कई सालों और पुरखों के ज़माने से बसे हुए है, दूसरा, बाहर से आए हुए लोग जो यहाँ कंपनियों में काम करते है। भारत का शायद ही कोई ऐसा शहर होगा जहा से लोग बेंगलुरु न आये हो। इस शहर ने खुले दिल से सबका स्वागत किया है। और तीसरे नंबर पर आते है यहाँ के स्टूडेंट्स जो दुर-दुर से इंजीनियरिंग और मैनेजमेंट की पढाई के लिए आते हैं। इन तीनो समुदाय के लोग आपको यहाँ प्रचुर मात्रा में मिलेंगे।

बहरहाल, राजधानी ट्रेन ने अपना फ़र्ज़ पूरा कर दिया। अरुण भी बाकियों की तरह अपना बैग उठा कर स्टेशन से बाहर निकला और बस पकड़ कर अपने होटल पंहुचा जिसे उसने पहले से बुक कर रखा था। ऐसा पहली बार हुआ था जब उसने कोई प्रोग्राम अकेले बनाया था।

हमेशा किसी भी सफ़र में या तो उसके ऑफिस के दोस्त होते थे या फिर शाज़िया साथ होती थी। उसका मानना था के टूर पर कभी किसी को अकेले नहीं जाना चाहिए बल्कि हमेशा अपने साथ किसी को ले कर चलना चाहिए जिसके साथ आप उन सारे हसीन पलों का मज़ा उठा सकते हैं। लेकिन आज उसे कही न कही उसकी ये तर्क बेबुनियाद लग रहें थे। उसने ये दो दिन का सफ़र खुद के साथ कुछ वक़्त बीताने के लिए किया था। इतनी लम्बी सफ़र करने के बाद भी उसका उत्साह कम न हुआ था। उसके सोच के पंछी बेकाबु हो कर उड़ रहे थे। होटल पहुँचने के बाद उसने अपने लिए फोन से खाना मंगवाया और खा कर सोने चला गया।

अगली सुबह वह दुगुनी उर्जा और ख़ुशी के साथ जागा। आखिरकार वो समय आ गया जब मन के बेकाबु पंछी की उड़ान और तेज़ होने वाली थी। उसने स्नान किया, कपड़े बदले और नाश्ता भी न किया। उसने एक ऑटो-रिक्शा लिया और स्टेशन पर स्थित बस-अड्डे की ओर गया। मन में कई सारे यादें ले कर वो १५ नंबर प्लेटफार्म पर गया और ३६५ नंबर की बस में जा बैठा जो सीधा उसे उसके कॉलेज के गेट के बहार लगभग सवा घंटे के बाद उतार देता। रास्ते भर उसे वो सारे बस स्टॉप्स दिखे जिनसे वो कॉलेज जाने के दौरान वहा से हर दिन गुज़रता था। हर स्टॉप्स पर एक कहानी थी। किसी स्टॉप के बगल में कोई मॉल होता जिसमे वो कभी-कभी शौपिंग के लिए जाया करता था तो किसी स्टॉप पर बहुत सारी दुकान और बेकरी थी जहाँ नाश्ता करने के लिए उसका सारा ग्रुप आता था। खिड़की की सीट से इन सारे स्टॉप्स को वह देख कर वह मुस्कुरा रहा था। पांच साल बीत चुके थे पर ऐसा लगा जैसे कल की ही बात हो और वो आज भी कॉलेज के लिए ही रवाना हो रहा हो। जब इंसान आत्मिक रूप से खुश हो तो शायद समय मायने नहीं रखता। एक पल में हम वो सब कुछ जी लेना चाहते है और कभी उन्हें अपने आँखों से ओझल नहीं होने देना चाहते। आस-पास चाहे जो कुछ भी हो रहा हो, सब कुछ अच्छा लगता है। कुछ ऐसें ही हाल से इस वक़्त अरुण भी गुज़र रहा था। जैसे-जैसे स्टॉप्स पीछे की ओर रुख कर रहे थे, उसकी ख़ुशी दुगनी होती जा रही थी।

ये कैसी उलझन

लेकिन हर सफ़र का अंत होता है; इसका भी था। तकरीबन सवा घंटे के बाद उस बस ने उसे कॉलेज के गेट के पास उतार दिया। ५ सालों में बहुत कुछ बदल गया था। गेट के बगल में एक आंटी, जिसने अपने दुकान की शुरुआत ५ साल पहले एक छोटी सी गुमटी से की थी अब वह बड़ा हो चुका था। उन्होंने आज अपना खुद का बेकरी खोल लिया था। वो मैं ही मन खुश हुआ और जब गार्ड के रूम में देखा तो वहा नीरज नहीं था जो उसे अच्छी तरह से पहचानता था। अंदर दाखिल होने पर वो उन्ही फूलों की क्यारियों से गुज़रा जिसके बाद कॉलेज की इमारतें शुरू होने वाली थी। खेल वाले स्टेडियम में सब कुछ वैसा का वैसा ही था। कुछ चीज़ें बदली हुई नज़र आई। उनमे से एक था वो भव्य तीन सितारा होटल जो कॉलेज के बीचों-बीच बनाया गया था और एक बैंक जिसे देख कर वो मुस्कुराया और उन दिनों को याद किया जब फीस भरने के लिए वो बस पकड़ कर पास वाले बैंक में ड्राफ्ट बनवाने के लिए घंटो कतार में धक्के खाता था। जब चीजों को करीब से देखने की कोशिश की तो पाया के उन बगीचों से झूले गायब थे जिसपर उसका ग्रुप क्लास की छुट्टी के बाद कुछ देर वहा बीताते थे और सभी प्रोफेसर का मजाक उड़ाते। उस लंबे बगीचे को पार करके जब वो उन इमारतों तक पंहुचा तो उसे सुकुन मिला। शनिवार का दिन था इसलिए कई सारे क्लास की आधी समय के बाद छुट्टी हो चुकी थी।

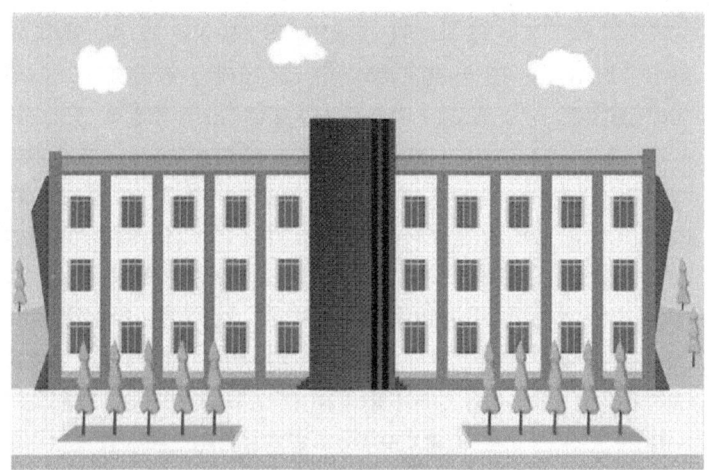

मन में यादों का सैलाब उमड़ रहा था क्युकी अब वो उस जगह खड़ा था जहा से पुरे कॉलेज का नज़ारा दिखता था। जब दाई ओर नज़रे डाली तो देखा के वह कैंटीन जिसमे कई स्टूडेंट्स के यादों का बसेरा था, अब वहा नहीं था। उसे तोड़ दिया गया था। किसी भी कॉलेज की जान उसकी कैंटीन में बसती है और आज ५ सालों के बाद वो वजुद ही खत्म हो चुका था। वह थोड़े सख्ते में आ गया। उसने वहा पास में बैठे एक लड़के से जब कैंटीन के बारे में पुछा तो उसने आश्चर्य से अरुण को देखा और बोला के यहाँ तो कोई कैंटीन थी ही नहीं थी। तीनों कॉलेज के अपने-अपने अलग कैंटीन बने है। हम वही जाते है अगर आपको जाना है तो यहाँ से दाए ले लीजिए और बगल में ही कैंटीन है। ये सुन कर उसे थोडा धक्का सा लगा। वो जगह जो कभी उनके जैसे छात्र-छात्राओ के शोर गुल, पार्टी और न जाने कितनी सारी प्रेम कहानियों की गवाह थी, आज जड़ से उखड चुकी थी और सन्नाटा बिखेरे हुए थी। उसका मन थोडा विचलित हो गया। वो और आगे बढ़ कर कॉलेज की सीढियों को देखने लगा जहा वो और उसके

कुछ दोस्त अपने आखिरी साल में एक दिन उन्ही सीढियों पर बैठ कर अपना प्रोजेक्ट बना रहे थे और प्रिंसिपल के देख लेने पर उन लोगो को बहुत डांट भी पड़ी थी। वो आगे बढ़ा और उन सीढियों पर बैठा कर अपनी यादो को इस जगह से जोड़ पा रहा था। कुछ देर के बाद वो उठा और अपने पुरे कॉलेज का एक चक्कर मारा जो तक़रीबन कई एक्कड़ में फैला था। वह हॉस्टल के पास पंहुचा तो पाया के वहा लडकियों का हॉस्टल भी बन चुका था। उसे वो दिन फिर से याद आया जब वो और उसके कुछ साथी हॉस्टल की दीवार को फांद कर पीछे लगे गुलाब के खेतों को पार करते हुए एक छोटी सी झोपडी में रुकते और वहा बैठी एक बूढी काकी और उसकी बहु, जो हिंदी भाषा नहीं समझते थे, उनसे अंगुर के खेत में जाने की आज्ञा मांगते। उनको भी ऐसा लगा के वो लोग अंगुर खरीदने आए है। इसपर काकी की बहु उन्हें एक टोकरी थमा देती और कहती के वो खुद ही खेतों में घुस कर रसीले अंगुर तोड़ ले। वो रसीले काले अंगूर जो बाज़ार में २०० रुपये किलो से कम में फरुक्त नहीं होते थे, यहाँ महज़ १५ रुपए किलो मिलते थे। वहा से वापिस आकर हॉस्टल में अंगुर की पार्टी हुआ करती थी। ये सब तो उसे याद आया पर अब हॉस्टल के गेट तक उसे जाने की हिम्मत न हो रही थी। ये पहली बार हुआ जब अरुण को ये जगह अब थोडा पराया सा लगने लगा क्योकि आज उसके वो दोस्त उसके पास नहीं थे।

उसके मन का पंछी जो पिछले तीन दिनों से यादों की उड़ान भर रहा था; अब धीरे-धीरे थक रहा था। अपने उस कैंटीन को न पा कर वो थोडा मायुस तो था, मगर हॉस्टल की यादें जो बेहद खुशनुमा थी, अब वो भी कुछ ख़ास न रही। मन थक सा गया। वो यादें जो ५ सालों से जिंदा थी अब यहाँ आ कर दम तोड़ रही थी। वो उन खुशियों को महसूस नही कर पा रहा था जो वह यहाँ सोच कर आया था। अचानक ऐसा प्रतीत हुआ जैसे ये सब तो आज तक हुआ ही नहीं था। वो दो सालों तक श्रेष्ठ स्टूडेंट का पुरस्कार, विक्रम के साथ दोस्ती, हॉस्टल की शैतानियाँ, कैंटीन का खाना, सीढ़ी और झूले पर बैठ कर घंटो बातें करना, हेड ऑफ़ डिपार्टमेंट की डाट, सब व्यर्थ लग रहा था। बुझे हुए मन से अरुण ने जब चारो तरफ चक्कर लगा कर वो एक कॉलेज की कैंटीन में पंहुचा तो उसे जूस पीने की

इच्छा हुई। वह एक टेबल पर बैठ कर जूस पीते हुए बाकी सारे छात्रों को गौर से देख कर मन ही मन सोचा- ये लोग जो आज इस माहौल में इतने खुश है जैसे की इन्हें सारी दुनिया की ख़ुशी यही मिल गयी हो, तो पांच साल पहले क्या होता? आज तो यहाँ की तीनो कॉलेजों ने अपनी-अपनी राहें बदल ही है जो एक समय पर कोई भी काम आपस के मेल-जोल और पूरी भावना के साथ करते थे।

यादों के झरोकें उसकी आँखों के सामने फिर से गुजरें, लेकिन इस बार ख़ुशी नहीं थी। ये वही जगह था जहा की यादें उसे तीन दिनों पहले इतनी ज्यादा प्यारी थी की महज़ कुछ तस्वीरों ने उसे यहाँ तक आने के लिए मजबूर कर दिया था। लेकिन विडंबना ये थी के उन पलों को जीने के बजाए उसे अपने ऊपर एक बोझ लग रहे थे। वह एकाएक उठा, अपने जुठे ग्लास को उठा कर उस बाल्टी तक पंहुचा जहा सारे जुठे बर्तन थे। उसने गिलास रखा और बहके क़दमों के साथ वहा से वापिस कॉलेज की गेट तक पंहुचा, जहाँ से रोड के उस पार उसे अपने होटल जाने के लिए बस मिलती। उसने किसी भी स्टाफ या प्रोफेसर से मिलने की कोशिश नहीं की। उसकी ज़बान कुछ यूं बंद थी जैसे किसी ने उसकी आवाज़ छीन ली हो।

अब वो जगह बिलकुल अनजान और पराया लग रहा था। लेकिन अभी तक उसे ये समझ न आया के आखीर क्यों उसे ऐसा लग रह था? क्या सिर्फ इसलिए क्योकि आज उसके साथ कोई दोस्त न था, या फिर शायद कई सालों के बाद कॉलेज या यूनिवर्सिटी बिलकुल ही बदल जाते है। पांच साल ही तो बीते थे। फिर ऐसा क्यों महसूस हो रहा था जैसे वो यहाँ पहली बार आया हों? उसे मन की उलझन सुलझ नहीं रही थी। कुछ पल के लिए वो स्तब्ध था। गेट से बहार आने के बाद उसने एक बार पीछे मुड़ कर देखा तो कॉलेज का बड़ा सा बोर्ड देख कर उसे अच्छा महसूस हुआ लेकिन मुस्कान न आई, दिल से कोई ख़ुशी न हुई। उसने रोड पार किया तो उसे याद आया के इसी जगह पर छुट्टी के बाद इतनी भीड़ हो जाती थी, के बसों में सीट मिलना मुश्किल हो जाता था। पर आज ऐसा न था। एक लाल रंग की ऐ।सी बस आकर स्टॉप पर खड़ी हुई जिसमे वो बैठ कर अपने होटल की ओर रवाना हुआ। एक बार फिर वही सारे स्टॉप्स

आए और पीछे छूट गए जिनपर न जाने कॉलेज की कई कहानिया जिंदा थी। जब वो होटल पंहुचा तो उस शाम उसने कुछ नहीं खाया। उसकी ख़ुशीया अब पूरी तरह से निर्रस्त हो चुका थी। उसने उसी पल अपना लैपटॉप खोला और अगले दिन की नागपुर की टिकेट काटी। नागपुर में उसका जिगरी दोस्त विक्रम रहता था। बहुत ही भारी मन से उसने अगले दिन होटल छोड़ी और नागपुर के लिए प्लेन से रवाना हुआ।

विक्रम अपनी पत्नी के साथ नागपुर में रहता था। अरुण के आने की खबर सुन कर वो बहुत खुश हुआ और उस दिन अपनी पत्नी सीमा से खूब सारे लज़ीज़ व्यंजन बनाने को कहा। उसकी पत्नी भी खुश थी, क्योकि उसने अरुण के बारे में अपने पति से बहुत बार उसकी बड़ाई और कॉलेज के किस्से सुन चुकी थी। तीनों ने नागपुर घुमने का प्रोग्राम बनाया। उस शाम उन्होंने होटल मे कई सारे व्यंजन चखे।अब बारी थी मीठे संतरों के जूस का लुत्फ़ उठाने की जो वहां के हर बाज़ार की गलियों में मिलता था।

तीनों ने बहुत सारी खरीदारी की। बहरहाल, वो दिन आया जब अरुण को वापिस दिल्ली जा कर ऑफिस लौटना था। विक्रम के साथ इस पांच दिनों के सफ़र ने उसकी बेंगलुरु की यादें को तो काफी हद तक मिटा चुका था। उसने अपनी यह ट्रिप के बारे में कुछ भी बताना मुनासिब न समझा। कॉलेज के दो दोस्त अब अपनी-अपनी जिंदगी में फिर से मशगूल होने जा रहे थे। अरुण ने सीमा के लिए कुछ कपड़े खरीदें थे, जो उसने सीमा को तोहफे के रूप में दिए। वो उनकी शादी में शरीख न हो पाया था। बदले में विक्रम ने भी उसे नागपुर के ख़ास संतरे की पेटी, शाजिया के लिए कपड़े और कई सारे नमकीन के पैकेट दिए जो वहा मशहूर थे। ट्रेन दिल्ली की ओर रवाना हुई और १० दिन की छुट्टी कैसे खत्म हो गयी, पता भी न चला।

एक महीना हो चला था। रमज़ान का महीना भी खत्म हुआ। तीस दिनों का पाक रोज़ा टुटा और सभी ने मस्जिदों में इक्कठे हो कर अल्लाह को याद कर, उनसे अपनी रहमत बरसाने की दरख्वास्त लगाई। शाज़िया जब घर वापिस आई तो उसके अम्मी-अब्बू ने अरुण के लिए मिठाई, कपड़े और कुछ तोहफें भेजे थे। एक रविवार शाज़िया के पूछने पर, के उसका बेंगलुरु का सफ़र कैसा था, उसने सारी बातें बताई और अपने मन का सारा ख्याल सामने रख दिया। शाज़िया ने अरुण के चेहरे को देखा और थोड़ी परेशान हो गयी। उसने कभी भी अरुण को इतना दुखी न देखा था। वो उसके पास गयी, उसके हाथ पकड़ा और मुस्कुराई। बड़ी ही संजीदगी से उसने कहा- मुझे पता है के उस वक़्त तुम्हे कैसा लग रहा होगा जब तुम अपनी कॉलेज की सुहानी यादों को वहां पहुँच कर भी उससे ताल-मेल नहीं बैठा पा रहे होगे। तुम्हे वो हर चीज़ पराया लग रहा होगा जिसे तुमने अपने मन से सुनहरी यादों की तरह संजो कर रखा था। लेकिन सच तो यही है के समय अपने गती से चलता जाता है और हम उसके साथ कदम मिला कर आगे बढ़ते है। हमारा मन चंचल होता है कभी कुछ सोचता है तो कभी कुछ। वक़्त बीतता चला जाता है और उसके साथ यादें भी हमारे दिमाग के किसी कोने में जा कर बस जाती है, जिसपर नौकरी, ज़िम्मेदारी, कर्तव्य, नए रिश्तें जैसे कई आदर्शों की

धुल की परत उसपर जमती जाती है। महज़ कुछ तस्वीर या कागज़ के सहारे हम उन यादों से कुछ पलों के लिए वो धुल हटा ज़रूर सकते है लेकिन उन्हें दुबारा जिंदा नहीं कर सकते। ये सभी यादें उस आईने की तरह होती है जिसपर पर लगे धुल हम कुछ देर के लिए साफ़ कर सकते है लेकिन उसे कभी काम में नहीं ला सकते। वो यादें तम्हे हँसा सकती है, अच्छा महसूस करा सकती है, एक अलग दुनिया में ले जा सकती है, मगर वापिस नहीं आ सकती। कॉलेज और यूनिवर्सिटी की यादें कुछ ऐसी ही होती है। जब हम वहां होते है, पढाई करते है, हसते-खिलखिलाते है, अपने प्रोफेसर का मजाक उड़ाते है, तो कभी-कभी आपस में लड़ाई भी करते है। यह सब हमारे ज़हन में घर कर जाती है। लेकिन एक सच्चाई ये भी है के जो वक़्त बीत जाता है, वो लौट कर कभी नहीं आता। अगर वर्तमान समय में हम अपने उन दिनों के यादों को फिर से जीना चाहे, तो बदले में निराशा ही मिलेगी, क्योकि कॉलेज की चमक-दमक, शानो-शौकत, तभी तक होती है जब तक हम वहां होते है। ज़रा सोचो, तुम्हरे बाद वहा कितने नए लोग आए-गए होंगे। तुम्हारी यादें तो कब की दफ़न हो गयी होंगी। यही वजह है के तुम्हे वहा जा कर भी कुछ महसूस न हुआ जो तुम करना चाहते थे। इससे हमें ये सीखना चाहिए के वक़्त के साथ कदम मिला कर चलने में ही समझदारी है, न की वक़्त में पीछे जा कर।

अरुण, जो कुछ देर के लिए सब कुछ भूल कर शाज़िया की बातें सुन रहा था, उसे महसूस हुआ के वो सारे पल महज़ यादें है, केवल यादें, जिन्हें सिर्फ याद कर के खुश हुआ जा सकता है मगर जिया नहीं जा सकता। कॉलेज के समय से प्यार एवं लगाव तभी तक होता है जब तक के हम उन्हें जी रहे होते है। एक बार विदा लेने पर वह जगह पराई हो जाती है और शायद कभी हमारा स्वागत न करे। वो खुश था के शाज़िया ने आज उसे वक़्त और यादों के मोल के बारे में समझाया। उसके मन में चल रहे आखीर क्यों के अंतर्द्वंद का जवाब उसे मिल गया था। अब उसका मन हल्का हुआ। शाज़िया बावर्चीखाने में गयी और खाने के लिए बर्तन ले आई। उसने सारा खाना टेबल पर परोस दिया। नान के मुलायम टुकड़े, मटन रोगन जोश, रसमलाई और सेवई से मेज़ सजा था। दोनों ने खाना खाया और बालकनी में जा कर कुछ देर यहां-वहां की बातें की।

रात के खाने के बाद जब अरुण सोने गया तो उसने अपने आप को हल्का महसूस किया। यह सोचते-सोचते वह कब नींद की आगोश में गया, उसे भी पता न चला। अपने पति की सुकुन की नींद देख आर शाज़िया भी खुश हुई और गहरी नींद से सो गयी। दोनों ने अपने बीते हुए वक़्त की यादों का पिटारा बंद कर दिया था और सुकुन से सो रहे थे।

4
अनीता

अनीता: ये क्या कह रहे हो अभय? ये मेरे सवाल का जवाब नहीं है।

अभय: सच कहा तुमने अनीता! मेरे पास इस सवाल का कोई जवाब नहीं है।

अनीता: मगर तुम्हे जवाब देना होगा अभय। आज तुमने मुझे अपने दोस्तों के सामने एक फैमिली फ्रेंड बता कर परिचय कराया। तुम्हें पता है फैमिली फ्रेंड किसे कहते है? शायद नहीं ! फैमिली फ्रेंड वो होता है जो १५ साल में १५ बार आता है। मैंने तुम्हारे साथ इतने साल गुज़ार दिए और आज तुमने मुझे इतना पराया कर दिया। नहीं अभय, अब इस रिश्तें में कुछ नहीं बचा। मुझे लगता है के अब हमें अलग हो जाना चाहिए।"

तभी पीछे से जोर की आवाज़ आती है:

कट!

नाइस शॉट अनीता!

पैक उप!

चारों तरफ थोड़ी अफरा-तफरी सी मच गयी। कैमरें बंद कर दिए गए, स्टूडियो की बड़ी-बड़ी लाइट बंद कर दी कई, सभी अभिनेता और अभिनेत्रियों ने अपने-अपने रूम में जा कर कपड़े बदले और खाना खाया। धीरे-धीरे सारा सेट जो कुछ समय पहले एक जगमगता घर में तब्दील हुआ था वह शूटिंग खत्म होने से थोड़ा वीरान पड़ गया।

शाम का समय था। ये वो वक़्त था जब हर दिन अनीता एक कप कॉफ़ी के साथ कुछ समय अकेले अपने छोटे से बगीचे में बिताना पसंद करती थी। उसके एक-एक कॉफ़ी की घूँट उसे बहुत आराम देती। ये वो १५ मिनट थे जब वो अपनी कॉफ़ी ले कर अपने बगीचे में लगे कुर्सी पर बैठती और उसके स्वाद में खो जाती। अक्सर वो अपने घर के सामने वाले घर को देखती रहती जो काफी दिनों से खाली पड़ा था। वो एक मंजिला मकान था जिसमे लाल रंग के लोहे का गेट था और उसका आंगन वीरान पड़ा हुआ था।

वह खाली आँगन उसे अपने जिंदगी के खालीपन का एहसास करता था जो कुछ साल पहले उसकी जिंदगी में आया था।

कहतें है के इस आँगन में भी कभी रौनक हुआ करती थी। एक भरा पूरा दो पुश्तों का परिवार यहाँ बहुत मज़े से रहता था। घर में दादा-दादी थे जिनके संस्कारों से घर की नीव थी, बच्चों की किलकारियां थी, छोटी-छोटी नोक-झोक भी हुआ करती थी जो समय के साथ-साथ सभी भुला

देते। इस परिवार के दिन तब से पलट गए जब एक रोज़ इस घर में शादी की शेहनाई बजने वाली थी। यह शादी गुड़िया (घर की बड़ी बेटी) की थी। लड़का दिल्ली के एक बड़ी कंपनी में काम करता था। सब कुछ अच्छा था। सगाई की रसम अदा की गयी और एक महीने के बाद शादी की शुभ महूरत निकला। लेकिन किसे पता था की ये शादी इन खुशियों को दुगुना करने नहीं, बल्कि जिंदगी भर का ऐसा नासुर देने वाली थी के किसी ने सपनें मे भी न सोचा होगा।

घर का हर सदस्य हर दिन कुछ न कुछ खरीदारी करने बाज़ार की ओर रुख कर लेता। धीरे-धीरे शादी की कई सारे रस्मे निभाई जा रही थी, जैसे की हल्दी कूटना, मेहँदी बनाना, नज़र उतरना, मिठाई के डब्बों का अम्बार, फूल-माला सजाना, नाच-गाना और न जाने क्या-क्या। रिश्तेदार भी इक्कठा होना शुरू हो गए। घर में रौनक छा गयी थी। बच्चें हमेशा उन जगहों पर नज़र आते थे जहा मिठाइयाँ और अन्य तरह के पकवान बना करते थे। वो उन भवरों की तरह बन गए थे जो फुलों के आस-पास मंडराते है। वही लड़कियां अपने-अपने कपड़ो और ज़ेवर को लेकर हमेशा असमंजस में रहती। पुरे घर के कमरों में हरी, पीली, लाल दुपट्टे बिखरे दिखते थे।

बहरहाल शादी का दिन आया। आज की जगमगाहट ही कुछ अलग थी। बारात ने दरवाज़े पर दस्तक दी और शादी के रस्म शुरू हुए। पूरा माहौल मंत्रो से गूँज रहा था वही दूसरी ओर वीणा(लड़की की चाची) और माधुरी(लड़की की बुआ) जो शादी में शरीक होने आये थे, उन्हें चाय पीने की इच्छा हुई। भीड़-भाड़ और मेहमान से भरे घर में किसी को ज़रा भी अंदाज़ा न हुआ के रसोई घर से गैस का रिसाव हो रहा था। वीणा और माधुरी दोनों चाय बनाने के लिए रसोई में गए और जैसे ही गैस जलाया, वहा धमाका हुआ। दोनों की लाल बनारसी साड़ीयों में आग लग गयी और धीरे-धीरे पुरे शरीर में। इस अफरा-तफरी में शादी तो हो गयी लेकिन दो लोगो ने अपने प्राण गवां दिए। शादी का माहौल एक झटके में मातम में बदल गया। इस हादसे से उस परिवार पर गहरा असर हुआ और वो कुछ महीनों के बाद इस मकान को बेच कर मुंबई चले गए। सब कुछ खत्म हो गया।

ये सब याद करते-करते अनीता का कॉफ़ी खत्म हो गयी।

अनीता छोटे परदे की एक बहुचर्चित अभिनेत्री थी। उसने अपना ये मुकाम अपनी दम पर हासिल किया था। अभिनय का शौक उसे स्कूल के समय से ही था। स्कूल छुटने के तुरंत बाद जब वो घर के लिए जाती तो शिव भगवान् के मंदिर से सटे चौक पर निर्माया टाकीस के बहार लगे फिल्मों के पोस्टर पर उसकी नज़र जाती। ये पोस्टर उसे उसके सपनों के दुनिया में ले जाते थे जहां वो अपने आप को एक सफल अभिनेत्री के तौर पर देखती थी। इसके लिए कुछ साल पहले वो मुंबई भी गयी। मुंबई जिसे हम सपनों की नगरी भी कहते है, वो सभी को नहीं अपनाती। रोजाना २०० से ज्यादा लड़कियां इधर अपनी किस्मत आजमाने आती है लेकिन सफलता कुछ एक के हाथ लगती है। उसने भी हार नहीं मानी। अपने शहर वापिस लौट कर फिर से शुरुआत की और एक अच्छी जिंदगी अपने नाम की।

ये कैसी उलझन

इस सफ़र को भले ही अनीता ने अकेले तय किया हो, लेकिन इसके आगे के सफ़र के लिए उसने अपने घर के आँगन में बने आउट हाउस में एक छोटा सा हॉस्टल खोल कर पुरा किया। हॉस्टल में तीन बच्चें रहने आए। १५ साल का करण, १८ साल का सुमित और १७ साल का प्रिंस। तीनों ने यहाँ रह कर दसवी की पढाई की थी और अब बारहवी की पढाई कर रहे थे। तीनों अनाथ थे। अनीता की नज़र इनपर तब पड़ी जब ये अपनी गली के स्कूल में पढ़ने आते थे और साथ में कुछ छोटी-मोटी नौकरी कर अपना पेट पालते थे। इस हॉस्टल की शुरुआत उसने इन्ही तीन बच्चों से की। उन्हें रहने का आसरा दिया और दो वक़्त की रोटी भी। पहले तो उनकी माली हालत देख उसने किराया नहीं लिया। लेकिन समय के साथ-साथ जब वो बारहवी में डाटा एंट्री की जॉब से अच्छा कमाने लगे, तो उन्होंने मासिक ३००० रुपये किराया अदा करने लगे। अनीता भी उन्हें अपना भाई मानती थी।

कहते है की समय बलवान होता है। ये कब पलक झपकते बीत जाता है, हमें इसकी खबर भी नहीं होती। और ऐसा ही हुआ। वक़्त ने करवट ली और अपने आप को दो साल आगे ले गया। ऐसा माना जाता है के दो साल में बड़े शहरों की काया पलट जाती है, लोगो के रहन-सहन के तरीके में बदलाव आता है। सड़कें-चौराहे और चौड़े हो जाते है। ऊँची इमारतों का कद और ऊँचा हो जाता है, सड़कों पर भीड़ बढ़ जाती है लेकिन साथ-साथ लोगों के दिलों में खालीपन बढ़ता जाता है। रातों को चारो तरफ चमचमाती रौशनी होती है, लेकिन मन और दिल में गहरा अंधेरा घर कर जाता है। वही अगर बात करें छोटे शहरों की, तो वहा का नज़रिया कुछ और होता है। सालों बीत जाते है, लेकिन वहा का रहन-सहन, लोगो की दिनचर्या, में कुछ खास फर्क नज़र नहीं आता। आज भले ही दो साल का लम्बा वक़्त बीत गया था, लेकिन अनीता की दिनचर्या फिर भी नहीं बदली थी, वो हर शाम शूटिंग से वापिस आती, अपने आँगन में १५ मिनट बैठ कर कॉफ़ी पीती और सामने वाले घर को निहारती। पर वो ये नहीं जानती थी के आने वाला समय ने उसकी झोली में कुछ और ही डालने का सोच रखा था।

अब समय आ गया था जब प्रिंस, सुमित और करण कॉलेज जाने लगे थे। पढाई के साथ-साथ उन्होंने अपने एक छोटे से ढ़ाबे की भी शुरुआत की थी। वो हॉस्टल छोड़ चुके थे। अनीता ने भी उनको नम आँखों से विदा किया था। जाते-जाते उन्होंने हमेशा एक साथ जुड़े रहने का वादा किया। इन चारों में जो भाई बहन का रिश्ता था वो अब सदा के लिए अटूट हो गया। भले ही वक़्त अपने गती से चलता हो लेकिन हम सब का इम्तहान लेता है। अनीता ने ऐसे बहुत सारे इम्तहान दिए थे पर इस बार जो उसके सामने आने वाला था, वो उसे हिला देने के लिए काफी था।

प्रिंस, सुमित और करण भले ही उसके मुहबोले भाई थे लेकिन अनीता का एक अपना भाई भी था जो विदेश में अपना जड़ जमाये हुए था। माँ-बाप के गुजरने के बाद उसने भारत को अलविदा कह कर अमेरिका में बसने का मन बना लिया था। अर्जुन(अनीता का भाई) ने अमेरिका में अपनी जिंदगी की शुरुआत तब की जब वो यहाँ एक कंपनी में कार्यरत था। उसे विदेश जा कर एक कोर्स करने का मौका मिल रहा था। कंपनी ने नियमों के अनुसार इस कोर्स के खत्म होने के बाद एक परीक्षा देनी थी। इस परीक्षा में जो भी पास करता उसे वही नौकरी पर भी रख लिया जाता। अपने आप को साबित करने का ये मौका वो गवाना नहीं चाहता था। वो ग्रेजुएट था और अपने आत्म-विश्वास से उस परीक्षा में पास होने की छमता भी रखता था। सवाल ये था के इतने दूर दराज देश में जाने के लिए उसके पास पैसे नहीं थे। परिवार में भी आर्थिक तंगी थी। पुरे एक लाख रूपये का खर्चा था। ऐसे में जब सभी रास्ते बंद हो गए तो अनीता और अर्जुन की माँ ने अपने सारे गहने बेच दिए।

सारे गहने बेचने के बाद उनके पास ९०,००० रुपए जमा हुए। कुछ पैसे जो उन्होंने अपने बच्चों के नाम पर बैंक में जमा किए थे, वह भी निकाल कर पुरे एक लाख दस हज़ार रुपये जमा हो गए। इन पैसों से अर्जुन विदेश गया। अपनी कोर्स में मन लगा कर पढाई की और अपनी परीक्षा भी पास की। कंपनी के शर्तों के मुताबिक उसे वहा ६००० डॉलर प्रति माह की तन्खवाह पर रख लिया गया। परिवार में सब यह सोच कर खुश थे की बेटा अमेरिका में बस गया है पर यह ख़ुशी समय के साथ-साथ रिश्तों में दूरियां भी ले कर आई। अमेरिका की चका-चौंध उसे भा गयी। वो वही का हो कर रह गया और भारत तभी वापिस आया जब कुछ सालों के बाद उसकी माँ ने दम तोड़ा। वह मेहमानों की तरह ऐसे आया जैसे वो कभी भारत में रहता ही न था। उसने किसी से नाता नहीं तोड़ा था अजनबियों की तरह किसी से नाता रखा भी नहीं था।

समय अपने गती से चल रहा था पर अनीता के लिए अब एक मोड़ लेने वाला था। वह भाई जो साल में कभी-कभी फोन कर के हाल-चाल पूछा करता था, वह इन तीन सालों में कई बार अनीता को फोन कर चुका

था। एक दिन जब अनीता की शूटिंग कैंसिल हो गयी और वह घर पर आराम कर रही थी, तभी अर्जुन का फोन आया।

अनीता: अर्जुन भईया! कैसे है आप?

अर्जुन: मै ठीक हु अनीता। तुम कैसी ही। वहां सब कुछ ठीक है न?

अनीता: हाँ भईया। यहाँ सब ठीक है! आज बहुत दिनों बाद मुझे भी आराम मिला है। आज कोई शूटिंग नहीं है।

अर्जुन: अरे वाह! अच्छा है फिर तो। वैसे तुमने क्या सोचा है अपने बारे में? तुम्हे याद तो है न के मैंने तुमसे कुछ कहा था।

अनीता: हाँ भईया! मुझे याद है। लेकिन मै कुछ निर्णय नहीं ले पा रही हु। मुझे थोडा वक़्त दीजिए।

अर्जुन: देख अनीता, मै तेरा दुश्मन नहीं हु। तेरे भले के लिए कह रहा हु। ऐसा कब तक चलेगा। तू वहां बिलकुल अकेली रहती है, तेरा कोई ख्याल रखने वाला नहीं है। यहाँ मै हूँ, तेरी भाभी स्टेला भी है और पता है अमेरिका ऐसा देश है जहाँ काम की बहुत इज्ज़त होती है। भारत के तरह नहीं जहा कम पैसों में अच्छे-अच्छों का खून चूस लिया जाता है। मैंने तेरे लिए यहाँ एक एडवरटाइजिंग एजेंसी में बात भी की है। तेरी नौकरी भी पक्की है। अच्छी तन्खवाह है। एक तरह से देखा जाये तो तेरी जिन्दगी बदल जायेगी। तू हम सब के साथ यहाँ सुरक्षित रहेगी। ज़रा सोच मम्मी-पापा के जाने के बाद हमारा कोई सहारा नहीं है। तो क्यों न हम ही एक दुसरे का सहारा बन जाए?

अनीता: मै तुम्हारी बात समझ रही हु भईया। आपका सोचना सही है। लेकिन क्या इसके लिए अपना घर बेचना सही है? ये सिर्फ एक घर नहीं है, मम्मी पापा का आशीर्वाद है। यहाँ हमारा बचपन बीता है। तुम्हे याद है भईया, इसी घर के आँगन में हमने कितने पौधे लगाये है, जब हम स्कूल के लिए अपने कंधो पर बैग रख कर निकलते थे तभी मम्मी हमारे पीछे भागते-भागते हमें टिफ़िन देने आती थी। इसी घर से तुमने भी अमेरिका के लिए विदाई ली थी। जब मै मुम्बई गयी और वहा से निराश हो कर लौटी थी तो इसी घर से मैंने अपने रोज़ी रोटी की शुरुआत की थी। मै नहीं भूली हु भैया के किस तरह से मैंने यहाँ आँगन में पापड़ और आचार बना कर पैसे कमाये है। हमारे पड़ोसियों ने हमारी हर कठीन

समय में हमारा साथ दिया है। अगर बाहर से देखा जाये तो ये सिर्फ मकान है, शायद तुम्हारे लिए भी सिर्फ ये एक मकान ही होगा। लेकिन मेरे लिए यहाँ मेरी जान बसती है। तुम जिस देश में हो शायद वहा इंसान में भावनाओं के लिए कोई ख़ास जगह नहीं है लेकिन भईया ये तो भारत है, यहाँ हम आज भी अपने नीव से जुड़े हुए है।

अर्जुन: मै तुम्हारी भावनाओं को समझता हूँ अनीता लेकिन दुनिया सिर्फ इससे नहीं चलती। मेरी मानों तो एक बार थोड़ा दिमाग पर जोर डाल कर सोचों। एक बेहतर जिंदगी और एक बेहतर देश तुम्हारा इंतज़ार कर रहा है।

अनीता: ठीक है भईया। मै आपको सोच कर बताती हूँ।

अर्जुन: ठीक है। हम तुम्हारे निर्णय के इंतज़ार में है। अच्छा रखता हु।

ऐसा नहीं था के अर्जुन का ये फोन पहली बार आया था। इससे पहले भी ऐसा फोन अनीता को कई बार आ चुका था। वो सोचती के एक तरफ भाई का प्यार है, अमेरिका जैसा देश है, डॉलर में कमाई और सारी सुख-सुविधाएं; वही दूसरी तरफ अपना घर, उससे जुडी यादें, पड़ोसियों से अपनापन, हॉस्टल के बच्चें, शूटिंग और उसकी वो १५ मिनट का कॉफ़ी वाला पल, जो उसकी जिंदगी का हिस्सा था। अगर वो विदेश का रुख करती तो इन सब से उसे अलविदा लेना होगा। इस उलझन में कुछ महीने बीत गए। अर्जुन के कई बार उसे फोन किया और प्रलोभन दिये। अंततः भावनाओं ने घुटने टेक दिए और भाई का प्यार जीत गया। उसने एक महीने के बाद अर्जुन को फोन किया और कहा की वो यह घर बेचने को तैयार है और अमेरिका आना चाहती है, पर साथ-साथ एक शर्त रखी के घर बेच कर जो पैसे मिलेंगे उससे वो अमेरिका में एक छोटा सा ही सही पर एक घर खरीदेगा जिसमे वह रह सके। अर्जुन भी तैयार हो गया और उसने अपने ब्रोकर को घर बेचने को कहा। एक तरफ जहां अर्जुन की ख़ुशी का ठिकाना नहीं था, वही दूसरी ओर अनीता की आँखें नम थी। वह उस चीज़ का मोल लगा रही थी जो अनमोल था। बहुत भारी मन से उसने अपना घर का सौदा २ कड़ोड़ में किया और घर बिक गया। नये मालिक से अनीता ने दो महीने की मोहलत मांगी। इन दो महीनो में उसने तय कर

किया था के वो सारा सामन बेच कर इस शहर से ही नहीं बल्कि इस देश से ही विदा ले लेगी। लेकिन किस्मत ने इस बार उसके लिए अब तक का सबसे बड़ा इम्तहान तय किया था जिससे वो अनजान थी। घर बेच कर मिलने वाले पैसे उसने अर्जुन के खाते में डलवा दिये और अर्जुन ने उससे वादा किया की वो अगले महीने की ५ तारीख की टिकट बना कर उसे भेज देगा। अनीता ने अपने तीनों भाइयों को सारी बात बताई। वो दुखी हो गए लेकिन फिर अपने मन को मना लिया के उनकी अनीता दीदी का जीवन सुधर जायेगा और वो अपने भाई से मिल सकेगी जिसे उन्होंने सालों से नहीं देखा था।

धीरे-धीरे घर का सामान बिक रहा था। यह देख अनीता को अच्छा तो नहीं लग रहा था लेकिन एक सफल भविष्य के लिए उसने उन पलों से और अपने मन से समझौता कर लिया। इस बीच अर्जुन का कोई फोन नहीं आ रहा था। अनीता ने सोचा के वो व्यस्त होगा। देखते-देखते १ महीने बीत गए लेकिन उसकी कोई खबर नहीं आई। अब वह घबरा रही थी। उसके मन में बुरे-बुरे ख्याल आ रहे थे। उसने भी अर्जुन को बहुत फोन लगाया लेकिन उसका फोन बंद आ रहा था। जब ५ तारीख नजदीक आई तो उसे इस बात का एहसास हो चुका था के अर्जुन ने उसे पैसों के लिए धोखा दिया है। उसने कोई टिकट नहीं भेजा। भेजता भी कैसे, उसके मन में छल-कपट कूट-कूट कर भरा था। उसने धोखे से अपनी बहन को फुसलाया, घर बिकवाया और पैसे ले कर उसके साथ सारे रिश्तें तोड़ दिए। यह अनीता को किसी बड़े धक्के जैसा था। उसने कभी ये नहीं सोचा था के उसके अपने भईया उसके साथ ऐसा करेंगे। अब तो कुछ दिनों में उसे घर खाली करना था और रहने का भी कोई ठिकाना न था। वो समझ नहीं पा रही थी के अब वो क्या करे, मदद के लिए कहा जाए, और क्या कह कर मदद मांगे। माथे पर पसीना उभर आया, आँखों के सामने जैसे अँधेरा सा छा गया था, और यह सब सोचते-सोचते वो बेहोश हो गयी।

वैसे तो अनीता बहुत मज़बूत दिल की थी। लेकिन कहते है न परायों का धोखा उतना दर्द नहीं देता जितना अपनों का देता है। अपनों का दुःख आपको ऐसी अँधेरी सुरंग में ले जाता है जिसका कोई ओर-छोर नहीं होता। जब वो होश में आई तो उसने अपने आप को संभाला और आगे

की सोचने लगी। वह समझ गयी थी के उसके साथ बहुत बड़ा धोखा हुआ है और रोने से कोई हल नहीं निकलने वाला।

अनीता ने दुसरे मोहल्ले में तुरंत एक किराये का घर लिया। ये उसके घर से थोडा छोटा था। इस घर के छत से नज़ारा कुछ अजीब था। सभी के छत और दीवार से रंग उखड़े थे।

दुर एक बड़ी सी इमारत दिखाई पड़ती थी। जो भी सामन बचा हुआ था उसने जल्दी से उसे अपने छोटे से नये घर में सजाया और जिंदगी फिर से शुरू करने का फैसला किया। अभिनेत्री तो वो थी ही और गुज़ारा करने के लिए उसके पास पैसे थे। अब इस घर में उसके पास सिर्फ १५ दिन बचे हुए थे। उसने उस घर में १० दिन बितायें और घर की चाभी नये मालिक को सौप कर वहा से चली गयी। भाई का धोखे ने उसे अन्दर से तोड़ दिया था। सब्र के सारे बांध टूट ज़रूर गये थे लेकिन जिंदगी तो चलानी थी। एक बार शुरुआत से ही सही मगर जिंदगी पटरी पर आ रही थी। उसने अपने तीन भाइयों को भी कुछ नहीं बताया। वह जानती थी

वह तीनों परेशान हो जायेंगे और उनका पढाई और ढ़ाबे के काम में मन नहीं लगेगा।

अनीता का नया घर छोटा ज़रूर था, पर उसे भी उसने संजो कर रखा था। सुख-सुविधाओं की कोई कमी न थी। अगर कुछ कमी थी तो वो था उसका वह १५ मिनट जिसमे वो अपने गरमा-गरम कॉफ़ी का आनंद लेते हुए सामने के घर को निहारती थी। उसके दिनचर्या से अब यह १५ मिनट धीरे-धीरे गायब हो रहे थे। जीवन की उस कठीन परिस्थिति में वक़्त ने उसका बहुत बड़ा इम्तहान लिया था, पर अब बारी नतीजे की थी।

दिन-महीनें गुज़रते गये। सभी अपने-अपने जगह पर व्यस्त थे। लगभग एक साल के बाद एक दिन अचानक अनीता के दरवाज़े की घंटी बजी। जब उसने दरवाज़ा खोला तो सामने देख कर हैरान रह गयी। उस पार करण, प्रिंस और सुमित खड़े थे। वह कुछ नहीं बोल पाई। अनीता ने उन्हें अन्दर बुलाया, बैठाया और चाय पिलाई, पर उनसे आँखें नहीं मिला पा रही थी। इस माहौल में एक साल बाद साथ मिलने की खुशियाँ तो थी लेकिन उसके साथ-साथ एक अजीब सी शांति ने घर कर लिया था।

तभी प्रिंस खुश हो कर बोला- दुनिया की हर चीज़ एक तरफ और अनीता दीदी के हाथ की चाय एक तरफ।

इसपर करण ने कहा- हाँ प्रिंस, चाहे जो कुछ हो जाए, मुझे नहीं लगता इससे अच्छी चाय मैंने कभी पी हो।

इन दोनों का साथ देते हुए सुमित भी बोल पड़ा- याद है करण, दीदी के हॉस्टल से सटे हुए गली में जो चाय की दुकान है; हम लोग तो उसकी चाय को हमेशा अच्छा कहते थे। लेकिन दीदी के हाथ की चाय का जवाब ही नहीं।

करण: हाँ सुमित। कितने गलत थे हम। तुम लोगों को याद है, दीदी हमेशा शाम को हमारे लिए चाय के साथ-साथ पकोड़े भी बनती थी। लगता है एक साल में वो बहुत कुछ भुल गयी है। वो हमें कुछ नहीं बताती और अब तो लगता है की उन्होंने हमें पराया कर दिया है। हमारा ख़ून का जो रिश्ता नहीं है।

अनीता जो इतनी देर से चुप-चाप बैठ कर उनकी बातें सुन रही थी, अब अपने सब्र को नहीं रोक पाई। वह रोने लगी और बोली- तुम लोगों

को कैसे पता की मै यहाँ रहतीं हु? इसपर करण ने कहा- दीदी, एक साल पहले जब तुमने हमसे ये बोल कर विदा लिया था के तुम अपने भईया के पास अमेरिका जा रही हो तो हम बहुत दुखी थे, पर अपने मन को मना लिया और अपने पढाई और काम पर खूब मन लगाया। हमें लगा के अब जब तुम अपने घर को बेच कर चली गयी हो, तो उस गली में जा कर क्या फायदा। लेकिन जब दो महीने हो गये और तुम्हारा एक भी फोन नहीं आया तो हमें शक हुआ के कुछ गड़बड़ है। जब हम उस गली में गए तो आपका घर टूट चुका था। वहा अब एक बड़ा सा शौपिंग मॉल बन रहा है दीदी।

सुमित: हाँ अनीता दीदी! उसके कई महीनों तक हमने आपकी बहुत तलाश की। आप हमें कही नहीं मिली। फिर हमने अपने मन को समझा लिया के शायद हम कुछ ज्यादा ही भावनाओं में बह रहे है। हो सकता है के आप अमेरिका में खुश हो और वहा के रंग में ढल गए हो।

प्रिंस: लेकिन हमारा अंतर्मन शांत होने का नाम ही नहीं ले रहा था और हमें शांति तब मिली जब एक दिन मैंने तुम्हे लोहिया नगर के तरफ वीर कुवर सिंह चौक को पार करते हुए देखा। पहले तो यकीन नहीं हुआ के आप अमेरिका से यहाँ कैसे आ गये लेकिन जब हमने और पता लगाया तो आपके घर के बारे में पता चला और आज हम सब कुछ छोड़-छाड़ कर आपसे मिलने आ गए।

करण: हमें सब पता चला दीदी, आपके भईया ने किस तरह धोखे से आपका घर बिकवाया और पैसे मिलने पर आपसे हमेशा के लिए रिश्ता तोड़ दिया। मगर आपने हमें इतना पराया कर दिया के हमें कुछ भी नहीं बताया। ऐसा क्यों किया अनीता दीदी? क्या हम आपके अपने नहीं थे?

अनीता की आँखें भर आई। उसने कहा- ऐसा नहीं है बच्चों। मैंने इस एक छोटी सी जिंदगी में बहुत सारे इम्तहान दिए है। पहले माँ-बाबुजी छोड़ कर चले गए। जब अपने सपनों की उड़ान उड़ने मुंबई गयी तो वहा भी धोखा खाया। पता नहीं भगवान् को क्या मंजुर था। एक घर था जिससे मेरी आत्मा जुडी हुई थी, वह भी हाथ से चला गया। कहने को वह मेरे अपने भईया थे। वो चाहते तो मेरी जिन्दगी सवार सकते थे लेकिन वो भी अपने फ़र्ज़ से मुकर गए और बीच मजधार में साथ छोड़ दिया।

भगवान् की मुझपे कृपा थी के तुम तीनों मेरी जिंदगी में आए। मुझे तो जैसे जीने का मकसद मिल गया था। तुम तीनों को जब देखा तो मुझे मेरा बचपन याद आता था। फिर मैंने एक कसम ली के तुम लोगो का साथ कभी नहीं छोड़ूंगी। भले ही तुम तीनों को मैंने अपना भाई माना है लेकिन अपने बच्चों से कम नहीं समझा। फिर एक दिन तुमलोगों के भी जाने का समय आ गया जिसके बाद मैंने वो हॉस्टल बंद कर दिया। उसके बाद जो कुछ हुआ वो तुम लोगों को पता ही है। अब मै और इम्तहान नहीं देना चाहती थी इसलिए तुमलोगों को कुछ नहीं बताया। बस चुप-चाप यहाँ चली आई।

तभी प्रिंस नीचे बैठ गया और बोला: अनीता दीदी, हमें आज भी याद है की जब हम हॉस्टल में पहली बार आये थे तो कितने डरे हुए थे। हमें कुछ नहीं पता था के आगे हमें जिंदगी किस मोड़ पर खड़ा करेगी। हमें तो हमारे माँ-बाप का भी कुछ पता नहीं है। उनलोगों ने बस हमें छोड़ दिया हमारे किस्मत के सहारे। ये तक न सोचा के हम कहा जायेंगे, क्या करेंगे, खाना भी खा पायेंगे या नहीं, सर पर छत होगा या नहीं; कुछ भी नहीं सोचा, बस हमें ठुकरा दिया।

करण: याद है अनीता दीदी, जब स्कूल में हमारी परीक्षा होती थी तो हमसे ज्यादा डर तो आपको लगता था। रात भर हमारे साथ आप भी जागती थी, हमें चाय पिलाती थी और हमारा हौसला बढ़ाती थी। जब भी हम रिपोर्ट कार्ड ले कर घर आते तो आप हमारे लिए पहले से अच्छा-अच्छा खाना बना कर रखती थी। उस दिन तो हम लोग जैसे पूरी दुनिया से दूर कितनी खुशियाँ मनाते थे। आपने हमारे लिए जो किया है वो तो शायद हमारे सगे माँ-बाप भी नहीं करते।

सुमित: इस जन्म के लिए हम तीनो आपके कर्जदार है अनीता दीदी। आप नहीं होती तो आज हम भी नहीं होते। किसी मंदिर या स्टेशन पर भीख मांग रहे होते। आज हमारे पास जो भी है सब आपकी बदौलत है। ये सच बात है दीदी के जिंदगी हम सब का इम्तहान हर मोड़ पर लेती है लेकिन क्या इससे पहले हमने साथ मिलकर इसे पार नहीं किया है? तो फिर आज आप इस सफ़र पर अकेली कैसे निकल पड़ी? क्या आपको हमारी याद नहीं आई या फिर आपने हमें इसके लायक ही नहीं समझा?

आपके संस्कार, आपकी शिक्षा का ही ये असर है की आज हम तीनों एक साथ इस जिंदगी के इस सफ़र पर चल पड़े है और हमेशा साथ रहेंगे। आप इससे अलग नहीं है।

अनीता इन भाइयो के इतने समझाने पर जोर से रो पड़ी। तभी सुमित ने उसे चुप कराते हुए बोला- दीदी हमारे खातिर आपने सालों पहले हमारे लिए कसम खाई थी। अब हम चाहते है के हम तीनों के खातिर आप फिर से वापस वही कसम खाए के आप और हम तीनों कभी एक दुसरे का साथ नहीं छोड़ेंगे।

करण: हाँ अनीता दीदी, चलिए हम सब चलते है यहाँ से। समय आ गया है के हम अब जिंदगी के आकेलेपन को हमेशा के लिए दूर कर दे। और पता है दीदी, इस प्रिंस को तो एक लड़की भी पसंद आ गयी है। अगले साल ये उससे शादी भी करने वाला है।

यह सुन कर अनीता को हस्सी भी आई। अपने भाइयों का इतना विश्वास, भरोसा देख कर उसकी बहती आँखें थम गयी। वह बोल पड़ी- लेकिन तुम लोग मुझे ले कर कहा जा रहे हो?

प्रिंस: चलिए तो दीदी। नीचे ऑटो-रिक्शा हमारा इंतज़ार कर रहा है। आपको कुछ दिखाना है।

तीनों अनीता को उसी गली में ले गये जहा उसका घर था। अब भले ही उस घर का अस्तित्व खत्म हो गया था लेकिन वह मोहल्ला पहले से ज्यादा गुलज़ार हो चुका था। अचानक वो रिक्शा उसी घर के सामने रुका जिस घर को अनीता हमेशा अपनी कॉफ़ी पीते वक़्त बड़े ध्यान से निहारती थी। उसका बड़ा सा आँगन, लाल दरवाज़ा, रंगबीरंगी दीवारें, ये सब देख कर वो आश्चर्य में थी। यह देख उसने पूछा- तुम लोग मुझे यहाँ क्यों ले कर आए हो? ये तो किसी और का घर है।

तभी प्रिंस ने कहा: दीदी, आप के प्रेरणा और आशीर्वाद से हमें अपने ढ़ाबे पर बहुत मेहनत की। इसमें भगवान ने भी हमारा साथ दिया। हमें याद है, जब हम अपने हॉस्टल में रहते थे तो तुम्हे शाम को कॉफ़ी पीते देखते थे। उस १५ मिनट तक आप इस घर को बहुत निहारती थी। हमें लगता के आपको ये घर बहुत पसंद है। उस वक़्त तो हमने ये न सोचा था पर धीरे-धीरे जब मेहनत और किस्मत साथ देने लगे तो हमने इतना

कमाया के आपके लिए ये घर खरीद लिया और सोचा के इसके एक कोने में आपके साथ मिल कर हॉस्टल चलायेंगे। बेसहारा बच्चों को आसरा और दो वक़्त की रोटी देंगे। ये हमारा सपना था जो आपके बिना पूरा नहीं हो सकता।

सुमितः आइये दीदी, इस नए जिंदगी की शुरुआत करते है। पिछला सब कुछ भूल कर फिर से अपनी जिंदगी में ख़ुशियों की रंग भर दे। भले ही सामने आपका वो पुराना घर न रहा लेकिन ये भी उससे कम नहीं है और मैंने तो इसकी रसोई पहले से ही सेट कर दी है। सोचा था जिस दिन आप आयेंगे, उसी दिन आपके हाथों के पकोड़े खाएंगे।

अनीता को थोड़ी देर इन सभी बातों पर विश्वास नहीं हो रहा था। उसे लगा के वो कोई सपना देख रही हो। उन तीनों ने अनीता को पूरा घर दिखाया और उसके बाद घर की चाभी उसे सौप कर अपने काम पर चले गए और साथ ही वादा लिया की शाम को आकर पकोड़े खाएंगे। आज पुरे एक साल बाद अनीता को वो पल मिला था जब वो अपने आँगन में कुर्सी लगा कर कॉफ़ी पी सकती थी और उसने ऐसा ही किया। उसका मन बहुत खुश था पर साथ-साथ कई ख्यालों के हिचकोले खा रहा था। कॉफ़ी का हर घुंट उससे एक सवाल कर रहा था। क्या उसका इस घर में आना उसकी किस्मत थी? भाग्य ने ये कैसा खेल रचा था के जिस घर को वो कभी शिद्दत से देखती थी वो उसी का हो गया? क्या उसके भईया का साथ उससे छुटना तय था ताकि उसे तीन भाई मिले जिनसे जिंदगी भर का रिश्ता बंध गया था। जहाँ एक भाई ने उससे उसका सब कुछ छीन लिया था वही दुसरे भाईयों ने उसे भेंट स्वरुप एक नई जिंदगी दी थी। इस वक़्त उसके मन में सुकुन के साथ ऐसे कई उलझनों का सैलाब उमड़ रहा था। वह कुछ देर सोच में पड़ गयी के वक़्त ने उसका ऐसा इम्तेहान क्यों लिया? आखिर क्यों? ऐसी उलझनों में क्यों फसाया? इन सबके पीछे आखिर क्या मकसद था? सवालों के इसी उलझन में उसकी कॉफ़ी खत्म हो गयी। वो आँगन से उठी और रसोई में करण, सुमित और प्रिंस के लिए पकोड़े बनाने की तैयारी में कुछ इस कदर जुट गयी जैसे कभी कुछ हुआ ही न हों।

www.ingramcontent.com/pod-product-compliance
Lightning Source LLC
LaVergne TN
LVHW041539060526
838200LV00037B/1063
* 9 7 8 1 6 4 9 1 9 3 6 9 8 *